Eine Art zu lesen
Eine Art zu fliegen

GOYA

Weltfrieden

ROMAN

LUCIA JAY VON
SELDENECK

GOYA

Das Hörbuch erscheint bei GOYALiT.
Dieses Buch ist auch als E-Book erhältlich.
Besuchen Sie uns im Internet: www.goyaverlag.de

Die Autorin wurde von der Senatsverwaltung für Kultur und Europa gefördert.

Aus Verantwortung für die Umwelt hat sich der GOYA Verlag dazu entschlossen, keine Plastikfolie zum Einschweißen der Bücher zu verwenden.

Zitat aus »Komm tanzen« aus dem Album »Die Skeptiker« – »DaDa in Berlin«
Musik + Text: Eugen Balanskat
Mit freundlicher Genehmigung von Wintrup Musikverlag, Berlin

Zitat aus »Alle oder keiner« aus dem Liederbuch 2. BuschFunk, 1997
Zitat aus »Nach Haus« aus dem Liederbuch 1. BuschFunk, 1995
© Gundermann/ BuschFunk

1. Auflage 2022
Originalausgabe
GOYA Verlag © 2022 JUMBO Neue Medien & Verlag GmbH, Hamburg
Alle Rechte vorbehalten
Umschlaggestaltung: Marcelo Marques
Umschlagabbildung: Gerd Danigel
Satz: Pinkuin Satz und Datentechnik, Berlin
Gesetzt aus der Utopia
Druck und Bindearbeiten: CPI books GmbH, Leck
Printed in Germany
ISBN 978-3-8337-4556-0

schluß mit den klagen
aus ist der traum
runter vom wagen
und rauf aufn baum
fernseher aus sternschnuppen an
rein in die frau und raus ausm mann
rein ins vergnügen und raus ausm krieg
zurück in die höhle dahinten ist licht
aber alle oder keiner
(Gerhard Gundermann aus *alle oder keiner*)

OKTOBER 2001

1. Das Haus des Königs

Erika betrachtete die Wiese und war zufrieden. Bis zum Seeufer war vom Herbstlaub der alten Eichen nichts mehr zu sehen, und vor dem Gartentor standen sieben prall gefüllte dunkelgraue Plastiksäcke, fest verschnürt, damit die Blätter nicht wieder entweichen konnten. Picobello. Und die Oktobersonne setzte noch eins drauf und brachte einen Wasserstreifen in der Mitte des Sees zum Leuchten, so wie der See nur im Herbst leuchten konnte, aufgewärmt und satt nach einem langen Sommer.

Wie jeden Donnerstag waren Erika und Hermann Grüning von neun bis zwölf Uhr beim König gewesen. Der König hieß eigentlich Günther Gräber und kam aus Berlin. Dort veranstaltete er Konzerte mit klassischer Musik. Genauer hatte er sich dazu nie geäußert. Er war vor fünf Jahren der Erste gewesen, der hier am Ufer des Groß Rietzener Sees ein Haus baute – ein weißes, lang gezogenes und, wie Erika fand, elegantes Haus mit einer ausladenden Terrasse.

Früher hatten dort am Rietzener Horn, wo jetzt das Haus des Königs stand, die russischen Offiziere im immer verrauchten »See-Quell« gezockt. Einen Teil der alten Gaststätte hatte der König stehen gelassen. Er nutzte ihn als Geräteschuppen. Und unter dem Schuppen befand sich der Eiskeller, gemauert aus behauenen Findlingen. Diesen Keller zeigte der König seinen Gästen besonders gern. Und auch den Grünings hatte er bei ihrem ersten

Rundgang stolz erklärt:»Das ist der Beweis, dass dieser Ort schon vor hundert Jahren ein beliebtes Ziel für Berliner Ausflügler war. Das Bier wurde im Steinkeller mit Eisschollen aus dem See kühl gehalten. Den ganzen Sommer lang!«

Und wieder oben auf der Terrasse gab es noch eine Zugabe:»So einen 180-Grad-Panoramablick über das Wasser, den gibt es nicht noch einmal, den hat kein einziges Schloss in ganz Brandenburg. Wenn Friedrich der Große das hier gesehen hätte«, es folgte eine ausladende Geste über den See,»dann würde Sanssouci nicht in Potsdam stehen, sondern genau hier!«

Seitdem nannten sie ihn den König.

Sie waren nun schon seit vier Jahren für Garten und Haus des Königs zuständig – und sie hatten bald gemerkt, dass sie ganz gut zueinanderpassten. Der König liebte Ordnung und vermied persönliche Gespräche, genau wie die Grünings.

Sie waren spät dran wegen der vielen Blätter. Als Hermann die Rechen im Schuppen verstaut hatte, trat Herr Gräber noch einmal aus dem Haus.

»Frau Grüning!« Mit kleinen, vorsichtigen Schritten kam der König über den Weg auf sie zu. Seine grauen Haarsträhnen stellten sich im Wind in alle Richtungen auf, und sein gezopfter dunkelblauer Wollpullover schlackerte an seinem Körper. Anerkennend blickte er kurz über den perfekt geharkten Rasen.

Erika fragte sich wieder einmal, ob er vielleicht krank war. Er war dünner geworden. Aber wie um ihre Gedanken wegzuscheuchen, zündete sich Herr Gräber, als er über die Steinplatten bei ihr angekommen war, einen seiner kleinen Zigarillos an. Dann sagte er, wie immer höflich und mit leiser Stimme:»Ich habe versprochen, Sie beide einmal zu fragen.« Er drückte sich oft sehr umständlich aus. Umso überraschter war Erika, als der König ziemlich direkt zur Sache kam:»Hätten Sie, nun ja, hätten Sie eventuell noch die Zeit, sich um ein weiteres, nun ja, Haus zu kümmern?«

Er sagte nie»putzen«. Er vermied das Wort, weil er sie nicht despektierlich behandeln wollte. Er sagte »reinemachen« oder »klar Schiff machen«, aber meistens: »für Ordnung sorgen«. Ordnung bedeutete ihm alles. Der König hatte dem Ehepaar Grüning in den letzten Jahren zuerst sehr zögerlich, dann aber Stück für Stück seine Ordnung anvertraut.

»Es geht um das Nachbargrundstück.« Herr Gräber zündete sich den Zigarillo wieder an, der zwischenzeitlich ausgegangen war, und wies auf das Grundstück, das völlig verwildert war. Unzählige Bäume und Büsche hatten sich dort breitgemacht und formten ein wildes und undurchsichtiges Gebirge. Darunter mussten sich große Höhlen befinden, in die das Tageslicht nur schwer eindrang. Umso mehr, als das Ganze auch von zahlreichen Kletterpflanzen überwuchert war, unter anderem von wildem Wein. Dieser leuchtete jetzt in der Oktobersonne mit einem prachtvollen, herbstlichen Rot.

Dass dort ein Haus stand, konnte man beim besten Willen nicht erkennen. Aber die Grünings kannten es. Sie kannten jedes Haus am Seeufer. Sie wussten, wer früher in den Häusern gelebt hatte und unter welchen Umständen sie die Besitzer gewechselt hatten – und heute putzten sie sie. Alle bis auf dieses Haus. Es war das letzte an der Straße, die vom Dorf Wolzow immer am Seeufer entlang zu den einzelnen Grundstücken führte und erst an dem großen Stahltor endete, am ehemaligen Werksgelände. Auf dem Stahlblechschild am rechten Pfeiler stand in schon ziemlich verblasster Schrift: *VEB Fermentationswerke Königswerder-West*. Daneben hing ein neues gelbes Plastikschild: *Betreten verboten*.

Auf der einen Seite neben dem Tor war die Mauer eingerissen und ein Trampelpfad führte darum herum. Dort hatte der Wald in den letzten Jahren fast das ganze Gelände zurückerobert. Er war sozusagen im Begriff, sich einfach über die weitläufigen Produktions-, Verwaltungs- und Garagengebäude drüberzustülpen, sie restlos zu verschlingen. Und sein Hunger war noch nicht gestillt. Er hatte bereits die Werksmauer überwunden und war bis zum ersten Haus vorgedrungen, dem Nachbarhaus des Königs, wo jetzt der wilde Wein herrschte. Er hatte bereits die hohen Kiefern erklommen und ließ aus den Kronen der Bäume seine Ranken hin- und herwehen.

»Doch nicht etwa ...?«, begann Erika zögerlich. Sie war sich nicht sicher, ob sie richtig verstanden hatte.

»Doch ja, es geht um den alten Betriebskindergarten, hier hinter dem Zaun. Das Gebäude wird natürlich abgerissen, dieser, nun ja, Flachbau mit dem Pappdach ist ja völlig verkommen ... Der König machte eine eindeutige Bewegung: »Das hat mir der Eigentümer versichert, der hier vor ein paar Tagen vorbeigekommen ist.« Der König musste husten. Alle drei warteten bis es vorbei war. »Es ist ein Geschäftsmann aus Potsdam, und er heißt ...« Der König schaute auf die Visitenkarte, die er wegen der fehlenden Brille ziemlich weit weghalten musste, und sagte noch leiser als sonst: »Behrends ... Sascha Behrends. Und dieser Herr Behrends ...« Der König sagte es so leise, dass Erika und Hermann es wirklich kaum noch verstanden: »... möchte verkaufen.«

Er setzte mit wieder etwas lauterer Stimme hinzu: »Es ist ja trotz allem ein Wassergrundstück mit Seezugang. Und jetzt sollte es eben etwas, nun ja, etwas freigelegt werden. Ich habe versprochen, dass ich Sie einmal frage«, erklärte der König weiter in vertraulichem Ton. »Und es würde ja bestimmt nicht schaden, wenn Sie dort drüben einmal, nun ja, einmal etwas Hand anlegen.«

Er lächelte. Man konnte ihm anmerken, dass er es begrüßen würde, wenn das Vorrücken des Waldes in Richtung seiner eigenen Grundstücksgrenze beendet würde. »Ich schätze eine natürliche Uferzone«, beteuerte er. »Das wissen Sie ja. Aber das mit den Ruinen, das geht etwas zu weit. Ein Schandfleck. Zehn Jahre nach dem Mauerfall muss das nun wirklich nicht mehr sein. Das lockt doch die falschen ...« Wieder musste er husten und erholte sich nur langsam von dem Anfall. Erika und Hermann standen etwas hilflos daneben und warteten, bis er weitersprechen konnte.

Der König wandte sich wieder zu ihnen:»Es geht also wie gesagt darum, die, nun ja, Spuren der Vergangenheit aus dem Haus zu entfernen und das Grundstück einigermaßen begehbar zu machen.« Er drückte den Zigarillo in seinem silbernen Hand-Aschenbecher aus, schraubte den Deckel zu und ließ die kleine runde Dose wieder in seiner Hosentasche verschwinden.

»Ich hoffe überhaupt, dass sich im kommenden Frühjahr hier einiges verändert«, sagte er schnell.»Das alte Tor sollte schon längst zurückgebaut worden sein, und wer weiß, was hier dann auf dem Gelände entstehen kann. Das wird sich noch zeigen ...«
Hermann nestelte etwas umständlich an seinen Jackenärmeln herum, die natürlich, wie immer bei Hermann, viel zu kurz waren. Hermann war einfach zu groß für alle Konfektionsgrößen.»Zu lange Knochen«, sagte er immer. Seine großen Hände baumelten weit unterhalb der Jacke wie Fremdkörper. Auch seine Fußknöchel guckten unter den Hosenbeinen heraus. Langer – so hieß er schon in der Armee, und so nannten ihn seine Freunde und früheren Kollegen.

»Wir könnten mal im Kalender nachsehen«, sagte er schließlich zögernd und kratzte sich unter seiner Wollmütze. Erika und Hermann sahen sich an. Sie wussten nicht, was sie noch hätten sagen können. Schließlich nahm Erika ihr Handy aus der Tasche und erschrak. Sie waren viel zu spät dran. Und Frau Cramer hasste nichts mehr als Zuspätkommen.

Hermann drückte aufs Gas. Sie überholten ein Auto mit Berliner Kennzeichen. Er war stolz auf seinen blauen Barkas. Er würde ihn nie gegen ein West-Auto eintauschen. Man konnte sich Hermann ohne seinen Barkas gar nicht vorstellen. Seinen ersten bekam er, als er Leiter des Instandhaltungsbetriebs im VEB geworden war. Dort war er verantwortlich für alle Anlagen, die nicht direkt mit der Fermentation zu tun hatten, also für Verwaltungsgebäude,

Wohnheim, Heizkraftwerk und Kindergarten. »Der Lange ist um die Häuser« hieß es damals, wenn man ihn suchte. Später hatte er sich für die Ferienhäuser am See wieder einen Barkas besorgt, diesmal mit Pritsche.

Sie fuhren zu Frau Cramer. Auf der schmalen Seitenstraße, die durch den Wald führte, versperrte ein neuer weißer Lieferwagen den Weg. Baumschnitt. Einige bekannte Gesichter, jetzt in orangefarbenen Westen, fuhrwerkten mit langstieligen Schneidegeräten am Straßenrand. Vorsichtig manövrierte Hermann den Barkas an dem weißen Wagen der Straßenbaubehörde vorbei. Nur wenige Millimeter trennten den blauen und den weißen Lack. Ein Kopfnicken auf Augenhöhe, und sie fuhren weiter.

»Es gibt ihn also noch«, brach Hermann das Schweigen.

»Und ihm gehört der Kindergarten«, stellte Erika fest. Jeden Morgen hatten sie ihre Tochter Heike am Tor des Kindergartens abgeliefert.

»All die Jahre ...«, sinnierte Hermann. Er räusperte sich und stellte fest: »Und jetzt will er ihn verscherbeln.«

Erika rutschte auf dem Sitz hin und her. Schließlich sagte sie: »Ich bin dagegen.«

Der Kindergarten war eine Geschichte aus der alten Zeit. Damit hatten sie längst abgeschlossen. Hermann nickte und blickte in die Ferne. »Und warum sollen wir das Grundstück überhaupt lichten, wenn dann am Ende doch die Bagger kommen und alles plattmachen?«

Erika gab ihm recht. »Der Kindergarten soll uns in Frieden lassen.« Das Thema war erledigt.

Der Barkas hielt vor der alten Seevilla. Erika beeilte sich auszusteigen. Sie holte ihr Fahrrad von der Pritsche und lehnte es an den Gartenzaun. Hermann startete den Zweitakter in Richtung Baumarkt, um noch ein Rinnenrohr für das Haus der Meineckes zu besorgen.

Durch die Bäume konnte Erika auf den See sehen: Da waren sie wieder. Wie immer waren sie lautlos aufgetaucht. Es mussten Hunderte sein. Unzählige sich bewegende schwarze Punkte. Aus dem Augenwinkel beobachtete sie die Kormorane, wie sie mit ihren Flügeln die Fische aufscheuchten. Sie waren nicht immer da gewesen, aber jetzt, so kam es Erika zumindest vor, sah man sie häufiger.

2. Das Haus von Frau Cramer

Erika stellte sich auf die Zehenspitzen und betrachtete sich im Badezimmerspiegel. Sie hatte sich in den letzten zehn Jahren nicht allzu sehr verändert. Ein paar Falten mehr vielleicht, aber richtig alt sah sie eigentlich nicht aus. Sie strich über die kurzen braunen Locken. Es waren nicht ihre echten Haare, aber sie gaben viel »Wolle«, wie sie es nannte, und ließen sie etwas größer erscheinen, als sie in Wirklichkeit war. Das gefiel ihr. Sie schminkte sich nicht. Ob sie schön war oder nicht, das hatte sie eigentlich nie interessiert.

Als die Fermentationswerke Königswerder West (FKW) 1994 geschlossen wurden, war sie sechsundfünfzig und Hermann fünfundfünfzig Jahre alt. Sie war fast fertig gewesen mit ihrem Biologie-Fernstudium, das sie neben der Arbeit im Betrieb absolviert hatte. Sie hatte sich jung gefühlt, noch mal was anzufangen. Doch dann blieb plötzlich alles stehen. Während um sie herum alles immer schneller wurde, die Autos, die Supermärkte, die Versicherungen, die Auslandsreisen – alles raste an ihr vorbei, irgendwo in weiter Entfernung, sie hörte davon, kam aber nicht mehr vom Fleck.

Sie blickte sich fest in die Augen, während ihre Hand mechanisch die herunterlaufenden Tröpfchen Glasreiniger über der Spiegelfläche verteilte. Ihr Gesicht verschwamm, verzerrte sich und tauchte dann fleckenweise wieder auf. Die Erinnerungen, die heute Vormittag mit dem Kindergarten aufgetaucht waren, hatten sie durcheinandergebracht. Sogar etwas mehr, als sie zugeben wollte. Und mit den Erinnerungen war auch wieder etwas von damals zu spüren, etwas, womit sie nicht mehr gerechnet hatte: die Angst die der Ohnmacht. War das alles doch noch nicht vorbei? Sie griff nach dem Handy in ihrer Hosentasche. Die glatten Rundungen in der Hand zu halten, beruhigte sie jedes Mal. Sanft fuhr sie über die Tasten und drückte die nachgiebigen Felder leicht ein. Das Handy gab ihr ein gutes Gefühl, ein Gefühl von Halt und Verlässlichkeit, so, wie es nur technische Geräte vermitteln können. Sie achtete jeden Morgen darauf, dass die Batterie voll aufgeladen war.

Als sie eine halbe Stunde später in dem etwas düsteren Gästezimmer von Frau Cramer stand und die Bettwäsche bügelte, dachte sie nach. Bedächtig führte sie das Bügeleisen über den Stoff. Das Bügelbrett gab die Bahn vor. Es war, als ob das Bügeleisen ihre rechte Hand führte und den Bettbezug wie von selbst nach links über das Brett schob. Sie spürte es richtig körperlich, wie das schrumpelige, faltige Bettzeug glatt und glänzend wurde.

Sie versuchte sich vorzustellen, wie es wohl im Innern des überwucherten Hauses aussehen mochte. Sie hatte den Speisesaal noch gut vor Augen, dazu ihre Tochter Heike und die anderen Kinder, die durch den Garten hinterm Haus in Richtung See rannten. Aber das war Jahre her. Bereits kurz nach der Wende wurde der Kindergarten geschlossen. Wer noch kleine Kinder hatte, musste sie nun anderswo unterbringen. Die nicht betriebsnotwendigen Einrichtungen müssten zurückstecken, hieß es. Am Ende der Straße vor dem Kindergarten parkten bald darauf die großen West-Autos, auch der rote BMW von Sascha, den sie jetzt »Herr Behrends« nennen sollten. Sascha hatte im Speisesaal eine Art Büro eingerichtet. Eine Zeit lang wurde der Kindergarten sogar als Wohnung benutzt. Ein Kollege von Sascha war für alle möglichen

Türschlösser und Schließanlagen zuständig. Hermann hatte sich noch bemüht, die alten, funktionstauglichen Schlösser zu erhalten, um weiterhin den Überblick zu behalten. Aber es hatte nichts gebracht. Die Schlösser wurden alle ausgetauscht. Am schlimmsten aber waren die Nächte. Im Speisesaal wurde gefeiert, oft mit lauter Musik, manchmal jede Nacht. Alle kriegten das mit. Nur dass den Kollegen damals nicht nach Feiern zumute war. Sie mussten zusehen, dass sie nicht untergingen.

Erika drückte auf den Dampfknopf. Es zischte laut auf. Das tat irgendwie gut. Sie drückte noch mal. Und noch ein drittes Mal. Schließlich war das jetzt schon fast sieben Jahre her. Und seit immer mehr Berliner die Region rund um den See zur Ferien- und Wochenendzone erklärten und hintereinander Ferienhäuser Golfplätze und Hotels bauten, gab es ja auch wieder Arbeit.

»Ihr habt euch was aufgebaut«, hatte Martina einmal gesagt, »Ihr seid eure eigenen Chefs. Für mich kam das nicht infrage, ich musste sofort was anderes finden. Egal was. Ich wär sonst durchgedreht. Aber auf der Stelle!«

Martina war ihre Nachbarin und damals in den FKW war sie Leiterin der Produktionsabteilung. Sie hatte ein etwas schiefes Gesicht. Die linke Gesichtshälfte hing einfach ein bisschen weiter unten. Das irritierte etwas, und gleichzeitig ließ es einen nur schwer wieder los. So als ob die linke Gesichtshälfte einen festhalten wollte.

Martina redete viel. Eigentlich ununterbrochen. Sie schnatterte. Martina denkt laut, nannte Hermann das. Und Erika war ihr oft genug dankbar dafür.

»Das Beste daran: Ihr seid niemandem Rechenschaft schuldig. Ihr putzt, wie es passt – und wenn es euch mal irgendwo nicht passt – dann könn' die euch, schwups, den Buckel runterrutschen!« Und sie hatte recht. Sie waren frei. Sie bekamen das Arbeitslosengeld, das bei ihnen schon Altersübergangsgeld hieß, also nur noch eine Überbrückung zur Rente war und mit anderen Worten so viel hieß wie: Da kommt nichts mehr.»A wie Abstellgleis«, nannte das Martina.

Aber mit den Wochenendhäusern konnten sie jetzt doch etwas dazuverdienen. Und Heike in Berlin unterstützen. Die dreihundert Mark, die sie ihrer Tochter monatlich überwiesen, waren Erika wichtig. Auch wenn das Geld momentan ihre einzige Verbindung war. Es war der Faden, den sie nicht abreißen lassen wollte. Heike hatte das Geld nie eingefordert, aber Erika wusste, sie konnte es brauchen, jetzt, wo Paula da war, das Kind ihres Kindes, schoss es Erika durch den Kopf, ihre Enkeltochter.

Martina arbeitete jetzt in der Kreisstadt in der Verwaltung. Im Meldeamt war nicht viel los. Abmelden musste man sich schließlich nicht, wenn man wegzog. Zuzüge waren selten.»Außer natürlich: Ich verpfeif euch. Dann wär Schluss mit der Ferienhaus-Kaffeekasse!« Martina war ein geborenes Streithuhn.»Würd ick natürlich nie machen, wissta ja.«

Martina liebte es, zu piksen und zu piesacken. Sie konnte nicht anders, und dann lenkte sie wieder ein. Vielleicht wollte sie nur deshalb ein bisschen sticheln und triezen, um gleich wieder alle umarmen zu dürfen. Denn sie war eine treue Seele wie keine Zweite. Und sie hatte ein Faible für Frisuren. Es konnte nicht strähnig und fransig und farbig genug sein. Sie wechselte alles durch, nach Lust und Laune.

Martina war Wissenschaftlerin durch und durch. Als ausgebildete Biochemikerin konnte sie jeden überzeugen, dass alles Chemie ist. Dabei war sie das Gegenteil von jedem Wissenschaftler-Klischee: Sie war lebendig und laut, spritzig und warmherzig. Und sie nahm es mit allem und jedem auf. Nach der Wende war sie in die Pfalz gezogen und arbeitete in der Forschungsabteilung eines großen Pharmaunternehmens. Aber als sie nach drei Jahren wiederkam, war sie wie ausgewechselt.

»Nich' ein' Tag länger hätt ich's dort ausgehalten«, sagte sie ernst. Ihre linke Gesichtshälfte sackte jedes Mal ab bei der Erinnerung daran. Vielleicht das Alleinsein, ging es Erika durch den Kopf. Ganz neu irgendwo ankommen – ihr selbst graute es schon bei dem Gedanken daran. Aber wenn man Martina fragte, dann kürzte die immer bloß schnell ab: »Is doch jut, dass ick heile wieder zurück bin.« Wenn es emotional wurde, konnte Martina ihren Dialekt nur schwer unterdrücken.

Erika räumte die Wäsche in den Schrank. Frau Cramer lebte inzwischen das ganze Jahr über in der Seevilla auf der Halbinsel, und sie bestand darauf, dass Erika eine Kittelschürze trug. Die meisten Menschen fühlen sich unwohl, wenn sie ihrer Putzfrau gegenüberstehen, das wusste Erika inzwischen. Sie konnten nicht damit umgehen, dass jemand ihren Dreck wegmachte. Erika verstand das nicht. Hermann und sie organisierten die Häuser und bekamen Geld dafür. Und sie musste zugeben, es machte ihr Spaß, ihre eigene und, wie sie inzwischen sagen konnte, unschlagbare Systematik Stück für Stück in allen Häusern entlang des Seeufers einzurichten. In jede einzelne Schublade und hinter jeder Schranktür. Sie fand sogar, dass sich ihre frühere Arbeit im Labor und ihre Arbeit in den Häusern gar nicht so sehr voneinander unterschieden. Es gab ein System, das es aufrechtzuerhalten galt. Ob sie Pilzbestände testete oder die Rillen zwischen den Fliesen putzte – in beiden Fällen kam es auf Gründlichkeit an. Und das lag ihr. Sie konnte ja im Grunde gar nicht anders. Schon als sie noch ein Kind war, hieß es: Erika ist ein fleißiges Mädchen. Und alle predigten ihr: Nur mit Fleiß kommt man weiter. Das hielt sie über Wasser. Ob da noch etwas anderes war, und wenn ja, was das war, das konnte Erika nicht genau sagen.

Jeden Morgen setzte sie sich mit ihrem Kaffee, den sie ohne Filter mit Wasser aufbrühte, an ihren Küchentisch und trug die Stunden und Einnahmen in das linierte Heft ein.

VP -,43 M stand noch der Preis vorne auf dem vergilbten Etikett. Hermann und sie organisierten ihre Woche nach den Häusern, in denen sie putzten. Sie hatten zusätzliche Ersatzschlüssel angefertigt, und diese hingen jetzt mit farbigen Plastikanhängern an einem langen Brett, das Hermann neben ihrer Wohnungstür angebracht hatte, ein Schlüssel neben dem anderen. Es kamen immer neue Haken dazu – in diesem Sommer waren es allein vier neue Schlüssel. Als Heike das Schreibheft bei einem Besuch entdeckt hatte, warf sie ihrer Mutter vor, kleinlich zu sein. »Dieser Ordnungsfimmel bremst doch jede neue Idee. Denn sie hat ja nur eine Chance, wenn sie in eure Super-Ordnung reinpasst.« Und sie hatte recht. Aber die Ordnung war auch das Gerüst, auf das sich Erika und Hermann verlassen konnten. Und mit dieser Ordnung und den Einträgen in ihrem Schreibheft kam Erika auch wieder einem Traum näher, den sie langsam wieder für möglich hielt. Dieser Traum war Spitzbergen.

Seit sie als Kind die Fotos von der Exkursion ihres Onkels nach Norwegen gesehen hatte, träumte sie von der Einsamkeit und Klarheit des Nordens. Sie hörte noch wie damals den Satz, als ihr Onkel mit ernster Miene erklärt hatte: »Nur wer das ewige Eis erlebt hat, hat wirklich gelebt.« Und dieser Satz klang wie ein Versprechen oder eigentlich mehr noch wie eine Verpflichtung, die Erika damals als Kind eingegangen war. Dann wurde die Mauer gebaut, und Erika hatte sich damit abgefunden, dass Spitzbergen für sie unerreichbar bleiben würde. In letzter Zeit hatte sie aber wieder an das Foto und ihren Onkel denken müssen. Die weiße Welt. Sie träumte auch wieder, genau wie damals als kleines Mädchen, von dem Schiff, das mit lautem Getöse durch die Eisschollen bricht. Sie hätte gerne gewusst, ob man das Eis riechen kann.

Aber für Spitzbergen musste sie sich die Marotten der Hausbesitzer merken. Zum Beispiel die Kittelschürze. Und genau die hatte Erika heute im Auto vergessen, weil es beim König so spät geworden war. Das war noch nie vorgekommen. Es fielen zwar keine Worte darüber, aber es war zu spüren, dass die Verletzung der Kittelschürzen-Regel als kleine Provokation gedeutet wurde.

»Jetzt bloß nicht noch die Türen vergessen«, dachte Erika. Frau Cramer wünschte nämlich, dass alle Zimmertüren im 45-Grad-Winkel offen stehen. Immer. Erika konnte das sogar irgendwie verstehen. Sie selbst liebte Ordnung und Klarheit. Sie nahm diese Marotte nicht allzu ernst und vermutete, dass Frau Cramer sie mit solchen Regeln auch irgendwie prüfen wollte. Vielleicht hoffte sie auch insgeheim, dass Erika sie vergäße.

Erika wusste, dass Herr Cramer seine Frau schon vor einiger Zeit verlassen hatte und dass Frau Cramer keine einfachen Jahre hinter sich hatte. Sie versuchte auf dem nahen Golfplatz neue Kontakte zu knüpfen. Auf der Kommode im Wohnzimmer lagen Hochglanz-Zeitschriften, sie hießen *Golf-Time*, *Lady Golf* und *Golfjournal*.

»Golf ist meine Leidenschaft«, pflegte sie zu sagen. Im Flur hingen auch zahlreiche Auszeichnungen. Beim näheren Betrachten hatte Erika allerdings entdeckt, dass es sich vor allem um Mitmach-Urkunden von Wohltätigkeits-Turnieren handelte.

Sie nahm den Eimer mit den Putzsachen und räumte alles weg. Unten wartete bereits Frau Cramer. Sie hatte sich geschminkt und sah jetzt um etliche Jahre jünger aus, wie Erika zugeben musste. Das gehörte zum Donnerstagnachmittag dazu: Am Ende der drei Stunden wurde Frau Cramer jedes Mal gesprächig – und holte die Flasche mit dem französischen Cognac.

»Frau Grüning, es gibt da noch etwas, das Sie wissen müssen.« Erika zog die Augenbrauen hoch und setzte sich auf den Sessel, den Frau Cramer ihr anbot. »Ich werde hier vielleicht nicht mehr lange alleine leben«, fuhr Frau Cramer fort, und ihre Stimme nahm einen triumphierenden Klang an: »Also, was ich sagen möchte: Es gibt da seit Kurzem jemanden in meinem Leben ...« Sie machte eine Pause und nahm einen kleinen Schluck.

Auweia, dachte Erika und schielte auf ihre Handy-Uhr, das würde wohl etwas länger dauern heute. Wenn es nicht Frau Cramer wäre, würde sie sich das nicht antun. Aber Herr und Frau Cramer waren damals die Ersten gewesen.

Hermann war auf dem Parkplatz vor dem Supermarkt mit Herrn Cramer ins Gespräch gekommen. Abends hatte ihr Hermann dann davon erzählt, beiläufig, bevor er mal wieder zur Garage ging, um dort seine Platten richtig laut zu hören. »Er hat gefragt, ob wir jemanden kennen, der sein Wochenendhaus putzt.« Sie hatte Hermann gar nicht richtig zugehört. Aber als sie dann wieder alleine war, ging ihr der Satz immer und immer wieder durch den Kopf – und dann wusste sie es plötzlich: Sie würden das machen.

»Eigentlich war es vom ersten Moment an klar«, hörte sie Frau Cramers Stimme weitererzählen, »er ist um einiges jünger als ich – aber was zählt schon das Alter, nicht wahr, Frau Grüning?« Frau Cramer kicherte etwas und ging mit ihrem Glas in die Küche, um sich Eiswürfel zu holen. »Aber das Wichtigste, Frau Grüning«, Frau Cramers Augen tauchten über der offenen Kühlschranktür auf, »das Wichtigste ist doch, dass ich aktiv geworden bin. Aktion mit Ausrufezeichen! Das sagt meine Therapeutin mir immer: Aktion mit Ausrufezeichen – damit ich es mir merken kann!« Sie schien nachzudenken und schenkte sich nach.

Erika ließ sie noch eine Zeit lang weitererzählen von dem jungen Mann, der anscheinend Fotograf war und ein außergewöhnlich talentierter Golfspieler – dann unterbrach sie Frau Cramer mit den Worten: »Der WC-Reiniger ist alle«, und stand auf. Der Umschlag mit dem Geld lag wie immer auf der Marmoranrichte im Flur, sie schnappte ihn sich und verließ das Haus.

Mit dem Fahrrad konnte sie die Abkürzung durch den Wald nehmen. Erika kannte jede Kuhle und jede Wurzel. Und die sandigen Stellen, in denen man mit dem Fahrrad stecken blieb, umfuhr sie, ohne nachzudenken.

Der Weg führte an einem alten Ferienlager vorbei, sie sah die großen und kleinen leer stehenden Bungalows zwischen den hohen Kiefern. Neben dem Eingangstor bog sie ein auf den Ernst-Thälmann-Damm.

Hier an der Uferstraße reihten sich die Seegrundstücke aneinander, schlichte Bungalows und einige alte Landhäuser. Diese Häuser kümmerten sich nicht um wechselnde Systeme. Sie ließen es geduldig geschehen. Wenn die neuen Eigentümer es so wollten, dann wurden die alten Backsteine eben kurzerhand verputzt und lila angestrichen.

Aber die Häuser bewahrten jede Veränderung. In ihren Gerüchen. Diese änderten sich nicht von heute auf morgen. Das Haus der Cramers zum Beispiel roch säuerlich. Die dunklen Eckkommoden und der Flurtisch mit der schweren Marmorplatte hatten zwar den alten Wohlstand in die Villa zurückgebracht, aber der Geruch erzählte noch mehr. Erika spürte ihn am ganzen Körper, sobald sie das Haus betrat – und er war mit keinem Putzmittel der Welt wegzubekommen: Es roch nach Schimmel, etwas Moder und nach jahrelangem Leerstand.

Das Haus des Architekten hingegen war ein Versprechen. Das neue Parkett, die glatten Oberflächen, die hohen Wandschränke, in denen alles Persönliche oder Alltägliche verborgen blieb: das Versprechen einer sauberen und glatten Gegenwart.

Die Gerüche zogen auch jetzt im Vorbeifahren aus den Häusern bis zu ihr auf die Straße. Die Gerüche waren ihre Verbündeten.

Sie hatte versucht, anderen davon zu erzählen, aber es ging nicht. Ihre Freunde sahen stirnrunzelnd zu Erika herunter und sagten: »Mensch, Erika, du und deine Gerüche.«

Den angenehmsten Geruch bot das Haus der Meineckes. Erika konnte es schlecht erklären, die Mischung stimmte einfach, es war ein einladender Geruch. Hereinspaziert!

Das Haus vom König war speziell. Es roch einfach nach dem

König. Er hatte den Geruch mitgebracht. Es war ein fremder Geruch, aber nicht unerfreulich.

Sie erreichte den roten Lattenzaun vor dem Strandbad. Im letzten Jahr hatten neue Eigentümer vor den roten Zaun noch einen zusätzlichen, noch höheren Bauzaun mit schweren Betonfüßen stellen lassen. Doch als nichts weiter geschah, entstanden nach und nach Schlupflöcher, erst kleine versteckte, dann immer größere, mutigere.

Jetzt im Oktober hatte Erika den Strand wieder ganz für sich. Sie nahm ihre Locken vorsichtig mit beiden Händen senkrecht nach oben ab und legte die Perücke vorsichtig auf den Pullover vor sich auf dem Boden. Dieser erste Moment, wenn die Luft über die Haut am Kopf strich, war immer noch beklemmend. Für einen kurzen Augenblick fühlte es sich jedes Mal wieder nackt an. Obwohl es nun schon so viele Jahre her war.

Sie hatten damals keine Vorstellung gehabt. Und auch keine Wahl. Eine Test-Impfung für sportmedizinische Analysen war angesetzt worden. Alle Mitarbeiter im Werk zwischen dreißig und fünfundvierzig Jahren und aus dieser Gruppe wiederum all diejenigen mit geraden Geburtstagen sollten sich »freiwillig« melden. Hermann und sie waren zufällig beide darunter. Niemand hat je erfahren, was es gewesen ist. Aber ihre Haare wuchsen danach nicht wieder nach. Nie würde sie den entsetzten Blick von Heike vergessen, als sie ihre Eltern mit kahlen Köpfen und ohne Augenbrauen sah. Irgendwann hatten sich dann alle daran gewöhnt. Die Männer trugen Mützen und die Frauen Perücken. »Es hätte schlimmer kommen können«, sagte Martina fachmännisch. »Erblinden zum Beispiel – wär doch schlimmer gewesen«, fügte sie schnell hinzu, als sie die perplexen Blicke der anderen sah. »Alles schon vorgekommen, natürlich schön untern Teppich jekehrt ...«

Eine Entschuldigung oder Entschädigung hatten sie nicht bekommen. Zwar hatten einige versucht, eine Art Schadenersatz durchzusetzen. Aber es blieb beim Versuch.

»Besser Kahlköppe als Kohlköppe«, hieß es dann einige Zeit später. War das vor der Wende oder nach der Wende gewesen? Erika mied das Wort »Wende« wie die meisten. Es hatte keinen guten Geschmack. Also sprach man es nicht aus. Man sagte »früher« oder »damals«, und für das Heute gab es überhaupt kein Wort. Das wurde irgendwie umschrieben.

Das Wasser war schon kalt. Mit kräftigen Armbewegungen teilte sie es zu beiden Seiten und schwamm durch vereinzelte Seerosen. Jeder einzelne Zug gab ihr Sicherheit. Sie atmete tief durch und sog den Geruch des Sees auf. Erika hatte über die Jahre ihren eigenen Schwimmstil entwickelt. Die Bewegungen waren aufeinander abgestimmt, alles ging ineinander über. Sie fühlte sich nicht als Fremdkörper im Wasser, sie fühlte sich angekommen. Über Wasser, unter Wasser, es wurde zu einer Einheit, einer, die sie auffing, in die sie sich fallen lassen konnte. Manchmal kam es ihr so vor, als saugte der See ihren Körper aus – um ihn gleichzeitig neu aufzufüllen, mit einer Kraft, die von ganz weit unten kam.

Als sie wieder am Strand war, trocknete sie sich mit dem T-Shirt ab, zog den Pullover an und setzte sich ihre Haare wieder auf. Sommer für Sommer hatten sie hier mit ihrer Tochter Heike verbracht. Den Duft der sonnenheißen, harzigen Kiefernnadeln hatte sie verinnerlicht. Es gab nichts Wärmenderes als diesen Duft. Aber jetzt hatte sich der Herbst eingemischt. Die Sonne stand bereits schräg, die Kiefernnadeln waren ohne Harzduft.

Das Handy klingelte.

»Hallo, Erika«. Es war Heike. Erika hatte immer etwas dagegen gehabt, »Mutti« oder »Mama« genannt zu werden. Schon als Heike noch klein war, hatte sie sich vorgestellt, wie Heike sie als Erwachsene immer noch »Mutti« nennen würde. Also hatten Hermann und sie darauf bestanden, bei ihrem richtigen Namen genannt zu werden.

»Hallo! – Wie geht es euch, ich meine dir und Paula?«

»Paula ist gestern krank geworden, irgendein Virus aus der Kita – und zwei Kolleginnen im Kino auch. Ich muss einspringen am Samstag. Schaff's also doch nicht.«

»Am Samstag?«

»Wir wollten doch eine neue Waschmaschine für euch besorgen«, sagte Heike. Sie hatte bei ihrem letzten Besuch mitbekommen, dass die Waschmaschine ihrer Eltern kaputt war. Seitdem wollte sie ihnen helfen, eine neue zu kaufen. Dabei brauchten sie gar keine. Die Waschmaschine war schon seit über einem Jahr kaputt. Seitdem wuschen sie ihre Wäsche einfach in den Ferienhäusern mit. Das war viel praktischer so. Aber das konnte sie Heike nicht erzählen. Sie hatte das Gefühl, es gab so viel Unausgesprochenes zwischen ihnen, dass sie gar nicht mehr wusste, wo man hätte anfangen sollen. Und Heike hielt sie auf Distanz. Sie hatte gelernt, sie nicht zu nah an sich rankommen zu lassen.

»Wir schaffen das schon«, sagte Erika und klang dabei anscheinend nicht sehr überzeugend, weil Heike sie sofort unterbrach: »Irgendwann kann man so eine Waschmaschine dann aber auch nicht mehr reparieren!«

»Ist gut. Ich sprech später mit Hermann. Wir telefonieren am Wochenende noch mal.« Im Hintergrund hörte man Kinder rufen, Heike war nicht mehr zu verstehen.

Nach der Schule wollte ihre Tochter nur noch weg. Alle Spuren ihrer Herkunft beseitigen, nicht auffallen und um keinen Preis als Ostdeutsche erkannt werden. Sie hatte sich alleine aufgemacht. Und schnell gelernt. Von einem Tag auf den anderen bewegte sie sich anders, redete anders, war eine vollkommen andere Achtzehnjährige geworden. Erika hatte verstanden, dass Heike weggehen musste. Sie hatte nie über ihre letzten Jahre hier gesprochen, ihre Freunde in Königswerder und den Unfall – aber als Heike dann plötzlich nach Berlin zog, kam es ihr vor wie eine Flucht. Heike mied noch immer alles, was mit ihrer Vergangenheit zu tun hatte. Ihre Enkeltochter Paula sahen sie kaum. Hermann brach dieser Zustand das Herz. »Der Kapitalismus ist schuld«, sagte er manchmal.

Erika hob das Fahrrad durch den Zaun des Strandbads und fuhr die Uferstraße zurück bis vor das Stahltor. Vor dem letzten Haus blieb sie stehen. Wie ein Vorhang hingen die herbstlich roten Weinranken von den Kiefern herunter und schwankten im Wind langsam-langsam hin und her. So gaben sie den Blick frei auf das Schild über der Eingangstür: WELTFRIED..., *Kindergarten und Tageskrippe*. Eine kleine Birke war aus den Ritzen der Fußweg-Platten herausgewachsen. Sie war schon so groß wie die Tür.

»Abschließer« – so hatten sie Sascha Behrends hinterher genannt. Erika sah ihn vor sich, etwas ungeschickt und schlaksig in seinen Bewegungen und immer zu bunt gekleidet. Sie kannte seine Eltern flüchtig, sie lebten auf der anderen Seeseite. Er hatte eine Ausbildung zum Schiffstechniker gemacht. Nach der Wende war er dann verschwunden, niemand wusste wohin, nicht einmal seine Eltern. Vielleicht drei oder vier Jahre später tauchte er plötzlich wieder auf. Da war er um die dreißig Jahre alt und »Assistent« von Dr. Schütte. Das war ein Insolvenzanwalt aus Dortmund, der für die Treuhand den Verkauf der FKW in die Wege leiten sollte.

Liquidation war zu dieser Zeit bereits beschlossene Sache. Eine Investition lohne sich nicht, hieß es. Jetzt sollten die Maschinen und Ausrüstungen verkauft werden. Das war die Aufgabe für die »Ortskräfte« wie Sascha Behrend. Er kannte sich aus und kümmerte sich. Denn außer Maschinen und Ausrüstungen mussten ja auch die Mitarbeiter abgewickelt werden. Licht aus, Tür zu.

Erika öffnete das Gartentor. Sie sah ihn vor sich, wie er viel zu schnell mit seinem roten BMW vorbeifuhr und aus dem Fenster heraus flüchtig und wie immer auch ein wenig abwesend mit der Hand grüßte. Sie nahmen ihn nicht ernst. Sie hielten ihn für eine Luftnummer. Behrends mit seiner piepsigen Stimme. »Von unserer Forschung hat der doch keinen blassen Schimmer.« Da waren sich alle einig.

Im Grunde war es Erika ganz recht gewesen, dass das letzte Haus in Vergessenheit geraten war. Es schien ihr geradezu angemessen, dass der Wald das Haus verschluckte und die Vergangenheit mehr und mehr unter sich begrub. Systeme kamen und gingen. Sie kannte Menschen, die in der DDR glücklich gewesen waren, und sie kannte welche, die das System erdrückt hatte. Wozu darin herumwühlen?

Hermann war da anders. Er konnte Tage damit verbringen, über das Vergangene nachzugrübeln, vor allem wenn er seine alten Platten auspackte. Erika war sich nicht sicher, ob das letzte Haus ihnen guttun würde.

Sie riss sich endlich los und fuhr schnell noch zum Haus der Meineckes. Diese hatten, spontan wie immer, eine SMS geschrieben: *würden uns freuen, wenn sie für morgen die heizung hochdrehen und drei flaschen in den kühlschrank stellen – sie wissen schon, welche.*

Erika würde also schnell noch die Betten beziehen. Außerdem durfte sie nicht vergessen, ihre eigene Wäsche aus dem Trockner mitzunehmen.

3. Die Wohnung im Schleusen-Block

Es war Barschabend. Jeden zweiten Freitag war Barschabend bei Erika und Hermann. Auch ohne Barsch, wie heute. Joppe hatte eine SMS geschickt, dass kein Einziger angebissen hatte, nicht einmal eine Rotfeder. Die Kormorane hatten die Schwärme verscheucht. Er würde trotzdem kommen und ein paar Flaschen Bier mitbringen. Also Fischstäbchen. Erika schüttete die harten Klötze in die Pfanne. Die Kochplatte summte laut hörbar.

Heike hatte immer wieder versucht, sie auch zu einer neuen Küche zu überreden. Es stimmte, sie hatten nicht viel verändert in der Wohnung. Die Hängeschränke mit Holzimitat-Türen waren nicht mehr modern, aber sie brauchte keine neuen. Wenn etwas kaputtging dann reparierte Hermann es eben. Das war immer schon so gewesen.

Dafür schmückte Erika die Wohnung. In einer alten Munitionskiste unterm Bett hatte sie eine ganze Sammlung von Osterhasen, Weihnachtsmännern und Sputniks. Von dort holte sie je nach Jahreszeit das Passende hervor. Ihre schönsten Stücke hatte sie nicht in den Drogeriemärkten gefunden, sondern bei Wohnungsauflösungen und in den leer stehenden Bungalows rund um den See.

»Was ist denn hier explodiert?«, hatte Martina mal gefragt, und ihre Gesichtshälfte hatte gezuckt. Aber Erika ließ sich nicht beirren. Alles immer wieder neu zu dekorieren und dennoch einen wiederkehrenden Rhythmus zu haben, gab ihr Sicherheit und Halt. Eine Orientierung für sie – und inzwischen auch für das gesamte Haus.

»Ihr müsst den alten Mief endlich mal abschütteln«, stöhnte Heike gelegentlich noch. Doch auch sie wusste, dass ihr Protest verhallte, dass es immer so bleiben würde.

Das Einzige, was Erika wirklich bereute, war, dass sie sich nicht schon viel früher ein Handy gekauft hatte. Das Handy ermöglichte ihnen ein neues Leben. Sie konnte jederzeit ihre Termine organisieren, ganz egal, in welchem Haus sie gerade war. Das Handy hatte sie immer dabei. Und ihren Schlüsselbund zu allen Häusern, Schuppen, Garagen und Bootshäusern. So waren sie auch zum Schlüsselnotdienst vor Ort geworden. Immer wieder mussten sie mit den Schlüsseln aushelfen, wenn die Hausbesitzer sie in der Stadt vergessen oder verlegt hatten.

Die Katze schnurrte um ihre Beine. Das graue Tier war eigentlich ein Kater, und er war das Einzige, was geblieben war, als ihre Nachbarin Ulla, die in der Wohnung über ihr gewohnt hatte, weggezogen war. Ulla hatte ihren Kater immer mit ganz weicher Stimme bei seinem Namen gerufen: Julius. Dass er einen so menschlichen Namen hatte, hatte es noch schlimmer gemacht. Doch die Katze war inzwischen schon sehr alt. Wenn sie sich mit ihrem unförmigen Körper durch die Wohnung schleppte, hinterließ sie eine Urinspur, weil sie es nicht mehr zum Katzenklo schaffte. Es war ein erbarmungswürdiger Zustand. Ulla schrieb ihr jedes Jahr an Weihnachten eine Karte aus Frankfurt am Main und erkundigte sich nach Julius. Erika hatte Katzen noch nie gemocht. Warum dieses Tier das nicht spürte und ihr fernblieb, war ihr ein Rätsel. Sie schob die Katze mit dem Bein von sich weg und holte ein Feuchttuch aus der Packung. Fichtennadel-Aroma.

Es klopfte. Martina kam in die Küche, wie immer ein bisschen zu schnell, als ob sie es eilig hätte und noch irgendwohin müsste. Sie hatte einen Weißwein dabei und eine Salatschüssel unter dem Arm. »Chicorée mit Orange.« Martina liebte es, Rezepte aus Zeitschriften nachzukochen. »Das Rezept war wirklich eine Herausforderung«, so begann eigentlich jedes ihrer Kocherlebnisse. Und dann erzählte sie empört, wie ungenau die Mengenangaben und Mischungsverhältnisse angegeben waren: »Ein Wunder, wenn dann doch etwas Essbares daraus wird!«

Ihre Frisur heute Abend erinnerte an einen Igel, die Haare standen nach allen Seiten ab, nur über der Stirn fielen die Fransen etwas länger. Wahrscheinlich, um den Perückenansatz zu verdecken. Auch Martina war damals mit dabei gewesen bei der Freiwilligen-Riege, wie sie es nannten. Ihre Haarfarbe heute war ein leuchtendes Dunkelrot-Violett.

Auf einmal hellte sich ihr Gesicht auf, wodurch es noch etwas schiefer wurde, die rechte Hälfte wurde von den aufgerissenen Augen in die Höhe gezogen, und die linke Seite blieb unten hängen. »Also heute gab's vielleicht eine Aufregung – das könnt ihr euch nicht vorstellen! Es gibt einen neuen Käufer für das Werksgelände. Italiener! Der will noch einen zweiten Golfplatz bauen, riesengroß und alles nach internationalen Maßstäben, vom Feinsten.«

»Was für Maßstäbe?«, fragte Hermann abwesend. Er hörte eigentlich immer nur halb zu, wenn Martina loslegte.

»Na einen richtigen Turnierplatz, auf dem dann die internationalen Master-Turniere stattfinden. Ihr könnt euch gar nicht vorstellen, was das für 'ne Aufregung für den See bedeutet: Neue Straßen, unzählige Hotels, Pressezentrum, Parkplätze so groß wie Fußballplätze und dann natürlich: Golfrasen bis zum Horizont. Auch die Russen-Kaserne wollen sie zum Golfplatz machen. Ich hab die Pläne heute gesehen. Das ist doch mal ein Bild für die Götter, also im Querschnitt meine ich: Oben die feinen Golfspieler, unter ihnen feinster grünster Rollrasen und darunter die Schaltzentralen und Stockbetten der Roten Armee. Hoffentlich halten die Bunker – nicht, dass da mal einer von den Golfern durchrutscht.«

Erika goss die Kartoffeln ab. Sie sagte lieber nichts. Ihr wäre es lieber, wenn nicht die ganze Welt nach Wolzow käme.

Ein eierndes Gejaule ertönte aus dem Wohnzimmer. Hermann hatte an einem Metalldetektor rumgeschraubt, den er gegen einen Satz Winterreifen eingetauscht hatte. Erika und Martina guckten durch die Anrichte zu, wie Hermann einen Schlüssel unter den Teppich schob und prüfte, ob der Detektor anschlug. Es hörte sich kläglich an, aber es funktionierte.

Martina war schon wieder beim Thema. »Aber jetzt, es könnte gut sein, dass nichts draus wird, gar nichts. Denn: Das hab ich aus der Kantine – brühwarm sozusagen – von den Kolleginnen vom Umweltamt. Ich sag' nur so viel: Lathraea squamaria.«

»Der was?«, fragte Hermann und stoppte das Detektor-Piepen.

»Der Schuppenwurz. Eine kleine blasslila Blume, die als Allererstes im Frühling durchkommt, wenn alles noch braun ist, ganz ohne Blätter.«

»Wirklich?« Hermann meldete sich zu Wort. »Du meinst die, die immer aussehen wie etwas schmuddelige rosa Narzissen, bisschen blasser, bisschen fleischiger?« Hermann zeigte offenbar Interesse.

»Du hast es erfasst, Langer! Auf Deutsch ist es der Gewöhnliche Schuppenwurz, ein dreister und giftiger Vollschmarotzer, der sich unterirdisch an die Baumwurzeln ranmacht und sich dann von dort alle Nährstoffe holt, die er braucht – hätte man sich nicht besser ausdenken können! Aber jetzt haltet euch fest, jetzt kommt's – denn dieser Giftzwerg in Rosa ist ...« – Pause – »ge-fähr-det.«

Hermann blickte auf, und auch Erika kam nicht drauf, was das Aufregende an der Nachricht war. Aber Martina ließ sie auch nicht eine Sekunde zu lange im Ungewissen und war schon weiter: »Das heißt, dass der Schuppenwurz zu einer Hauptfigur werden könnte in der Geschichte des Groß Rietzener Sees.« Sie war jetzt richtig in

Fahrt. »Denn er wächst überall am Westufer. Und die Kolleginnen von der unteren Naturschutz sind da nicht zimperlich. Also, was ich sagen will: Golfplatz und Pressezentrum am Westufer? Kannste jetzt erst mal knicken.«

Hermann war skeptisch. »Na ja. Das ist vielleicht eine ganz nette Schlagzeile für die Zeitung. Aber jeder weiß doch, wie es ist, wenn Elefant und Maus zusammen tanzen. Und wir wissen es besonders gut, seit damals …«

Erika gab ihm recht: »Was nicht passt, wird passend gemacht. Das war doch immer schon so.«

Es klingelte. Man hörte, wie jemand die Treppe hochkam. Erika zog das Deckchen auf dem Tisch gerade. In der Mitte stand ein kleiner weißer Leuchtturm auf einem Berg von silbernen Muscheln. Um ihn herum hatte Erika etliche bunte Fische gelegt. Barschabend eben.

Hermann versuchte noch einmal, den Ton des Detektors in den Griff zu bekommen. Dann betrat Joppe das Zimmer. Er nickte und setzte sich an den Tisch.

Joppe sagte nicht mehr viel. Eigentlich sagte Joppe gar nichts mehr. Er brummte nur noch. Als Billa aufgehört hatte zu leben, weil sie keinen Platz mehr für sich fand, hörte Joppe auf zu sprechen. Billa war wie ein Motor gewesen. Sie hatte jeden angetrieben. Was sie machte, machte sie mit allem, was sie war. Aber dann hatte sich herausgestellt: Es war das Falsche. Billa hatte all die großen Festauftritte und politischen Feierlichkeiten in Berlin organisiert. Sie war die Beste darin gewesen. »Ich muss an die Bilder«, hatte sie immer gesagt und war wieder nach Berlin gefahren, um alles in die Wege zu leiten. Keiner hatte so viel Gespür für die richtige Anzahl von Menschen, die abgestimmten Abläufe, die Auswahl der Lieder und die Zusammenstellung der Farben und der Fahnen.

Nach der Wende gab es allerdings keine Verwendung mehr für Massenchoreografien. Billa versuchte es in einem kleinen Theater in Köpenick, aber es war nicht das Gleiche. »Zum Gestalten braucht es Massen,« sagte sie immer, »sonst gibt es nichts zu gestalten.«

Joppe sah aus wie ein großer brauner Bär, sein Gesicht war immer irgendwie zerknautscht und vom Bart beinahe vollkommen zugewachsen. Zumindest früher, als er noch Bart und Haare hatte. Jetzt trug auch er eine Mütze auf dem kahlen Kopf, meistens seine uralte hellbraune Bommelmütze. Er war Biochemiker und hatte im Werk in der Fermentation gearbeitet. Alle kannten ihn. Er war jemand, der die Menschen in seiner Umgebung zusammengetrommelt hatte. Egal ob für seinen frisch gefangenen Barsch – oder für einen Protest am Werktor. Und er war der Philosoph unter ihnen. Er kannte sich wie kein anderer aus. Er kannte die Zusammenhänge und ließ sich nichts erzählen. »Quatsch nich', Krause.« Das war sein Satz. Und der passte fast immer, egal, ob Joppe sich über etwas aufregte oder ob er erstaunt war oder verärgert. Deshalb sagte er ihn bald auch dann, wenn er sich freute oder auch mal einfach so in eine Gesprächspause hinein. »Ach, quatsch nich', Krause.«

Das Chemiestudium sollte sein Kompromiss mit der DDR werden: Er konnte grübeln, forschen, chemische Verbindungen verfolgen und alles, ohne anzuecken. Aber die Rechnung ging nicht auf. »Nicht nur in der Chemie geht es um Verbindungen«, sagte er. »Wissenschaft muss fragen dürfen. Und Fragen müssen kritisch sein, müssen den Finger auch mal genau dahin legen, wo es wehtut.« Joppe konnte nicht gut einfach nur zusehen, wenn die Fragen nicht auf den Tisch kamen. »Wissenschaft ist nichts für Politik und Propaganda.« Und dann fügte er nach einer Pause noch hinzu: »Der Krieg ist der Vater aller Dinge. Versteht ihr, was Heraklit damit meinte?« An dieser Stelle zwinkerte er ihnen zu, wie immer, wenn er seine großen Denkmeister zu sich berief. Er zwinkerte sich zurück ins Jetzt.

Und Billa hatte ihm jedes Mal geholfen, sich dabei nicht zu verlieren, wenn es ihm mal wieder »ums jroße Janze ging«, wie sie dann immer sagte. Sie passte auf ihn auf – obwohl sie nie offiziell ein Paar waren.

Auch die Umweltverschmutzung des Betriebs war ein Thema von Joppe. »Unser See ist eine Müllkippe« Immer wieder überlegte er mit Hermann, wie man die Folgen der chemischen Einleitungen aus dem FKW-Betrieb flugblatttauglich formulieren konnte. Wenn Hermann zögerte, kam Joppe so richtig in Fahrt. »Mensch, Hermann wir müssen die Kollegen aufrütteln, sie müssen die Gefahr spüren! Sonst ändert sich hier gar nichts! Sonst entwickelt es sich nicht weiter – und das, das ist tödlich!«

Den Text für die Flugblätter schloss er immer mit dem gleichen Appell: »Kollegen! Lasst uns Verantwortung übernehmen! Nur so kann der Sozialismus funktionieren!« Und dann setzte er grimmig hinzu: »Mit sozialistischem Gruß«.

So war Joppe. Er hatte ausführlich dokumentiert, wie die ungefilterten Abwässer den See verseuchten. Tatsächlich erreichte er auch, dass die Betriebsleitung sich der Sache annahm und sie weiterleitete »ganz nach oben im Ministerium«. Das Ergebnis war aber ernüchternd. »Eine Abwasser-Kläranlage ist im Plan nicht vorgesehen. Wir ersuchen, einen sicheren Platz im kommenden Plan zu bekommen.«

Damit hat sich Joppe nicht zufriedengegeben. »Niemand übernimmt hier für irgendwas die Verantwortung. Und das ist der Grundfehler im Denken. So kann es niemals als System funktionieren.« Er ließ nicht locker und verteilte weiterhin Flugblätter. Es kam zu einer Anhörung. Es folgte ein förmliches Verfahren, und dann steckten sie ihn sogar für einige Wochen ins Gefängnis. Über diese Zeit sprach Joppe nicht. Und zugegeben: Von ihnen hatte auch keiner danach gefragt. Er hörte auf, Flugblätter zu verteilen. Er gründete einen Betriebstauchklub und wurde zu Brandenburgs einzigem Süßwasser-Tiefseetaucher.

Aber sein ganzer Einsatz war immer nur für Billa gewesen. Das wurde allen bewusst, als Billa nicht mehr da war. Sie hatte irgendwann immer öfter den Weg über die Autobahnbrücke genommen – bis sie eines Tages nicht mehr nach Hause zurückgekommen war.

Jetzt arbeitete Joppe beim Fischer unten am südlichen Ende vom See. Da störte es niemanden, dass er nicht mehr sprach. Der See hatte sich wieder erholt von den Werksabfällen, das hatten die letzten Wasserprüfungen ergeben. Und Erika und Hermann hatten inzwischen gelernt, Joppes Brummen wie eine eigene Sprache zu verstehen. Es gab das zustimmende, wohlwollende Brummen, das war das ganz tiefe, das aus dem Bauch kam. Dann gab es das höhere, beschwichtigende Summ-Brummen, das eher im Brustbereich entstand – und dann gab es noch das ganz vehement ablehnende Knurr-Brummen, dass direkt aus der Kehle zu kommen schien. Im Grunde brauchten sie keine Worte mehr.

Erika stellte energisch die Pfanne auf den Tisch, zusammen mit den Kartoffeln, die sie hinter dem Haus am Waldrand anpflanzte und einem letzten Salat vom Sommer.

»Behrends ist wieder da«, platzte Hermann mit der Neuigkeit des Tages heraus. Die anderen beiden mussten es erfahren.

»Sascha Behrends?« Martina ließ die Salatschüssel wieder sinken, die sie gerade hochgehoben hatte. »Was will der denn noch hier?«

Joppe brummte fragend.

»Na ja, das stimmt so nicht ganz«, Erika warf Hermann einen strengen Blick zu, »er ist ja gar nicht wieder da, er ...« Erika wurde von Martina unterbrochen, die begriffen hatte, was Hermanns Worte bedeuteten: »Ich fass es nicht! Einfach so? Als ob nie was gewesen wäre – oder was?«

Erika erzählte von dem Gespräch mit dem König. Sie versuchte, es ganz stimmungslos, fast beiläufig zu erzählen. Sie wollte verhindern, dass es zu einem großen Thema wurde. Es ging sie alle doch nichts an. Das war doch Vergangenheit. Sie hatten sich doch längst ein neues Netz gespannt, ein eigenes. Und jetzt mussten sie aufpassen, dass es nicht riss.

»Dem Behrends gehört also die Krippe«, sagte Martina langsam und kostete ihren eigenen Salat so vorsichtig, als könnte er vergiftet sein oder irgendeine übel schmeckende Zutat sich hineingeschummelt haben, ohne dass sie es gemerkt hätte. »Dann ist es jetzt also amtlich. Diese Flitzpiepe von einem Paradiesvogel hat hier den großen Reibach gemacht. Oder woher soll er sonst so viel Geld hergehabt haben, um sich ein Grundstück zu kaufen!« Martina kam, wie immer, schnell in Fahrt. Von null auf hundert, das war ihre Spezialität.

»Na ja, stimmt schon, er war schnell weg damals. So schnell konnte ihm keiner hinterhergucken«, sagte Erika.

»Er hat eingeheimst«, stellte Hermann fest und holte Ketchup. Joppe grummelte schon eine Weile lang missmutig vor sich hin. »Ich hab seine Eltern mal im Eiscafé gesehen. Aber gesprochen haben wir nicht«, fiel Erika ein.

Joppe brummte jetzt vehement. Er stand auf und ging in dem kleinen Zimmer auf und ab, zwei Schritte in die eine Richtung und dann zwei Schritte in die andere Richtung. Erika verzweifelte innerlich. Genau das hatte sie verhindern wollen. Sie versuchte das Gespräch an dieser Stelle wieder in die Gegenwart zurückzuholen: »Wir werden nie herausfinden, was damals gelaufen ist. Krumme Dinger hin oder her, das Werk musste schließen. Das Beste ist, wir akzeptieren das so. Und«, Erika ließ keine Einwände zu, »und überlegen, ob wir den Weltfrieden machen oder nicht. Bei den anderen Häusern ist jetzt bis zum Frühling nichts los, also wäre so ein Auftrag vielleicht ganz gut …« Hermann wand sich sichtlich unter der Vorstellung.

Martina verschluckte sich. »Also ich für meinen Teil will dem Behrends nie wieder über den Weg laufen müssen. Kannste knicken. Wenn der hier auftaucht, dann warnt mich vorher. Der hat uns übers Ohr gehauen. Mit fiesen Tricks hat der uns betrogen.«

Martina kam in Fahrt. »Ich weiß nicht, was schlimmer war, dass er jung war und sich hat kaufen lassen – oder dass er unsere Forschung missbraucht hat.«
Joppe stampfte weiter.
»Schlimmer noch: Die Dokumentationen unserer ersten Versuchsreihen. Futsch!« Martina haute auf den Tisch, sodass ihre Igelhaare vorne über der Stirn zitterten.

Martina hatte große Pläne gehabt damals: Sie wollte ein neues Institut an das Werk angliedern, ein Labor mit eigener Forschungsausrichtung. Sie hatte Gespräche geführt – aber sie war, wie so oft, viel zu viele Schritte voraus gewesen, hatte alle überrannt und sich selbst überschlagen. Sie hatte zu spät gemerkt, dass es nicht der richtige Zeitpunkt war für neue Ideen. Es galt vielmehr zu retten, was zu retten war. Die Betriebsleitung vertröstete sie. Sie hatten mit der Penicillinproduktion genug zu kämpfen. Die Fermentationswerke Königswerder West, 1972 gegründet, sollten der modernste Arzneimittelhersteller der DDR werden. Aber es lief nicht wie geplant. Andauernd gab es neue Schwierigkeiten: die Technologie war unvollständig, ständig mussten neue Provisorien her, dann war die Partikelbelastung mit einem Mal zu hoch – und die Pilzstämme aus der Tschechoslowakei zu schwach, man musste sie optimieren, um volle Leistung zu erbringen.

Es lief an – aber es lief viel zu langsam. Es fehlte Zeit. Und dann war auf einmal das Jahr 1990 – und Zeit schenkte ihnen jetzt niemand mehr. Ein Kilo Penicillin aus der FFW-Produktion kostete hundertzwanzig Mark. In der Bundesrepublik achtunddreißig Mark.

Martina als Produktionsleiterin wusste das am besten: Frühestens 1992 hätte die FKW-Produktion kontinuierlich laufen können. Hätte, hätte. Hätte. Und dann zog Behrends in seinem roten BMW im Weltfrieden ein.

»Wir müssen umsatteln, sonst kriegen wir die Kurve nicht. Mit dem Penicillin kriegen wir sie jedenfalls nie im Leben!« Martina hatte geahnt, dass es nicht gut ausgehen würde. »Und überhaupt: Die Antibiotika sind eine Sackgasse. Die Resistenzen werden am Ende siegen.«

»Du verrennst dich«, hatte Erika ihr gesagt.

Joppe gefiel Martinas Vision. Ihm ging es vor allem darum, den Standort zu erhalten, damit die Leute nicht auf der Straße landeten. Dafür kämpfte er. »Wenn wir mit der Chemie nicht weiterkommen, warum nicht auf die Biologie umsatteln«, sagte er.

Martina war fest überzeugt, dass die Bakteriophagen, an denen sie nebenbei forschte, die Zukunft waren. Phagen sitzen auf Viren und vernichten Bakterien. Sie war sich sicher, dass die Phagen jedes Penicillinpräparat abhängen würden. Sie waren das Antibiotikum der Zukunft. Denn Phagen bildeten keine Resistenzen. Sie konnten sogar multiresistente Keime vernichten. In Tiflis gab es bereits ein großes Forschungsinstitut und erfolgreiche Phagen-Therapien. Der Westen wollte davon nichts wissen. Der Westen blieb stur und hielt die Fahnen hoch auf seinem Antibiotikum-Siegeszug. Obwohl man wusste, wie gefährlich die Resistenzen sich entwickeln würden. Und das war vielleicht ihre große Chance, das war Martinas stärkstes Argument. Ihre erste kleine Sammlung an Phagen hatte Martina aus dem See gefischt, in durchsichtigen runden Petrischalen isoliert und dann, in einer ausrangierten Kiste aus Schaumpolystyrol verpackt, auf dem Laborschrank verstaut. »Nicht wegwerfen« hatte sie mit einem grünen Stift draufgekritzelt.

Es entstand eine Pause. Manchmal war es besser, nicht zu viel zu reden. Darin waren sie sich einig.

»Wir hätten loslegen können«, sagte Martina noch, etwas leiser. »Wir waren so weit.« Dann gingen sie raus auf den kleinen Balkon, um eine Zigarette zu rauchen. Die Abendzigarette war ihr gemeinsames Ritual. Es schweißte alles wieder zusammen, was der Tag durcheinandergebracht hatte. Das Ratschen und das leichte Zischen des Feuerzeugs löste jede Spannung in Erika, es war etwas eng zu viert in ihrer Frischluftluke, aber so waren sie es gewohnt. Und Erika hatte ihre Lichterketten angeknipst: Kakteen und Papageien leuchteten etwas schief und durcheinander, aber umso farbenfroher vor dem schwarzen Himmel.

4. Eine Wohnung im Prenzlauer Berg

Hier in Berlin hieß sie Kiki, vom ersten Tag an. Der Name gab ihr Sicherheit. Es war ihr alter Spitzname. Joppe hatte ihn erfunden. Doch dann hatte sich irgendwann ihr richtiger Name wieder durchgesetzt: Heike. Wahrscheinlich in der Schule, dachte Kiki. Sie wusch die Teller ab. Die Spüle fehlte. Sie hatten stattdessen einen Eimer auf einen weißen Barhocker unter den Wasserhahn gestellt. Das ging auch, irgendwie.

Chris saß auf der alten Küchenbank, die sie heute aus der leeren Wohnung im zweiten Stock hochgetragen hatten, Paula war auf seinem Schoß eingeschlafen.

Es war ein schöner Abend gewesen. Paula hatte sich Speck-Pfannkuchen gewünscht, und es war richtig warm in ihrer Küche geworden. Mollig, dachte Kiki. Ein Wort, das nach Kindsein klang, nach weicher Wärme, nach Geborgenheit. Sie sah sich, wie sie zwischen Joppe und Hermann auf der Küchenbank saß, und vor ihr auf dem Tisch stand wie immer ihr Kakao. Erika war entweder im Werk oder unterwegs zu einem ihrer vielen Komitees. Niemand konnte den Kakao so perfekt aus Kakaopulver und Zucker mischen wie Joppe. Und während er am Herd stand und rührte, redete er ununterbrochen. Über neue Strukturen von Arbeit, über Kollektivität oder auch über mehr tote Fische im See. Und Hermann hörte zu. Es war, als sortierte Joppe vor Hermann seine Gedanken. Und niemand außer Hermann konnte ihm dabei folgen. Und Kiki durfte dabei sein. Sie war die Verbündete. Aber Joppe konnte auch zornig werden, er konnte auf den Tisch hauen, dass mit einem Mal alles umflog, was draufstand. Diese Momente liebte Kiki. Denn gleich danach war Joppe wieder so sanft wie immer, er hob dann mit fahrigen Bewegungen die Tassen auf, brummte etwas verlegen, so wie ein Bär, der beim Honigklauen erwischt wurde und machte dann einen neuen Kakao für sie.

Kiki wunderte sich, wie das möglich war, dass so ein kleines Wort so viel in sich tragen konnte. Aber auch darüber, wie weit weg dieses Gefühl inzwischen war, unerreichbar weit weg. Kiki hatte sie irgendwo abgelegt, all diese Gefühle, und sie ließ nur selten zu, dass sie hervorkamen.

Durch das Fenster sah sie über den Hof die Menschen in ihren erleuchteten Wohnungen, wie sie Abendessen kochten, telefonierten, Wäsche aufhängten oder aus der Dusche stiegen. »Ein jegliches hat seine Zeit« – das stand auf dem Plakat, das bei Joppe im Flur hing. Kiki hatte es so oft gelesen, dass sie den Text auswendig kannte. Es war so was wie ein Zauberspruch für sie gewesen, war es vielleicht immer noch.

Vor allem die Zeile »Pflanzen hat seine Zeit, ausreißen, was gepflanzt ist, hat seine Zeit« fand sie so grausam und schön zugleich – aber schön nur dann, wenn man die Zeile immer wieder von vorne las. Sonst blieb sie zu traurig.

Joppe hatte ihr bloß zugezwinkert. »Ist von Salomo. Einer der ganz Großen.«

Im Spiegelbild sah sie sich selbst mit hochgekrempelten Pulloverärmeln vornübergebeugt über dem Eimer. Ihre Haare fielen ihr immer wieder ins Gesicht. Sie hatte dunkelblonde Haare und sehr dunkle Augen, fast schwarz. Und eine unmögliche Stupsnase. Als Kind war sie sich immer vorgekommen wie ein Puzzle, bei dem die Teile nicht zueinanderpassten. Und niemand konnte sagen, von wem sie diese Stupsnase hatte. Sie war an ihr erfunden worden. Und sie blieb ein Fremdkörper, mitten in ihrem Gesicht.

Sie hatten die Wohnung über die Band bekommen. Flo, der Kontrabassist, kannte Fränkie. Und Fränkie kümmerte sich hier im Haus um alle. Die Wohnung war im dritten Stock, drei Zimmer, Küche, Bad. Kiki hatte ein Loch in die Wand zwischen den zwei großen Zimmern gehauen und eine alte Flügeltür aufgetrieben. Sie lehnte im Flur an der Wand.

Die Wohnung war ein Geschenk des Himmels. Hier würden sie eine richtige Familie sein. Kiki jobbte nachmittags im Kino und hatte beschlossen, sich an einer Grafikschule zu bewerben. Chris war Schlagzeuger in einem Varietétheater. Die Band probte tagsüber und trat jeden Mittwoch, Freitag, Samstag und hin und wieder auch am Sonntag auf. Nachmittags holte er Paula von der Kita ab.

Fast jeden Tag kam Fränkie vorbei. Um sich um seine Neuen zu kümmern, wie er sagte. Er brachte Kuchen mit und Farbe. Er schlürfte genau wie Kiki vorsichtig den Kaffee aus der Tasse, ohne den Kaffeesatz am Boden aufzuwirbeln. Er verriet nicht, wo er die Eimer mit der Farbe herhatte, die er in die Wohnung hievte. »Man hat so seine Quellen«, sagte er stattdessen und lachte sein wieherndes Lachen, das wie immer durch das ganze Haus zu hören war. »Ich sage mal so: Da, wo die her sind, fällt es nicht weiter auf, dass sie fehlen. Und hier werden sie schließlich gebraucht.« Er hatte fettige halblange Haare, trug eine ausgebeulte Cordhose, Zimmermann-Stil, ein Karo-Hemd und in seinem Mund steckte immer eine Karo-Zigarette, manchmal war sie an, manchmal aus. »Der Anschlag auf den Einheitsgeschmack«, grunzte er zufrieden, wenn er sich wieder mal eine anzündete.

Als Kiki die Wände im Schlafzimmer strich, stand Fränkie neben der Leiter. Er beobachtete, wie Kiki die Farbe auftrug und verteilte. Er ließ sie den schweren Eimer auf die Leiter hochhieven und wartete auf das richtige Schmatzen, so wie er es ihr erklärt hatte. Nicht zu viel und nicht zu wenig Farbe auf der Rolle. Dann holte er sich noch ein Bier aus dem Kühlschrank.

Als Chris mit Paula von der Kita kam, war Fränkie ziemlich angetrunken und machte einen anzüglichen Witz nach dem anderen. Chris konnte es kaum ertragen. Kiki sah es ihm an.

Aber sie selbst nahm Fränkie nicht allzu ernst. »Vogel«, sagte sie und zeigte Paula, wie man den Pinsel nach dem Eintunken am Eimerrand abstreifte.

Sie hörten, wie Fränkie die Treppe nach unten polterte. Wie jeden Tag öffnete er um diese Zeit seine Bar im Schuppen. Eine Lichterkette wies den Weg von der Straße in den Hinterhof, ein paar Sofas standen herum, dumpfe Bässe kamen aus einer Kompaktanlage, und wenn Fränkie richtig gut drauf war, dann sang er. Es war mehr so ein Sprechen unzusammenhängender Worte, aber die Leute, die hier im Hof saßen und Bier tranken, liebten es. Das ist so echt, hörte Kiki mal ein Mädchen sagen.

Fränkies eigentliches Geschäft aber waren seine Schleifmaschinen. Es waren schwere Kolosse aus der DDR mit dem passenden Namen »Frank Fsr 200«, mit rostigen Griffen und einem großen Stoffsack, der schlaff an der Seite herunterhing und sich dann mit den Spänen füllte. Er vermietete seine »Fränkie-Oschis« für fünfzig Mark, und die Leute standen jeden Samstagvormittag Schlange vor dem Schuppen, um sich eine Maschine für ein Zeitfenster am Wochenende zu ergattern. Alle wollten abgezogene Dielen. Es war das Merkmal für das neue Wohnen in den alten Häusern. Alles durfte bleiben, wie es war, aber die Farbe auf dem Boden musste weg, vor allem das Ochsenblut, der dunkelrotbraune Lack hatte ausgedient. Auf einem langen Brett im Hof gab Fränkie lautstark die Einweisung und ließ seine Kundschaft probeschleifen. Sein Lieblingssatz war: »Jede Delle ein Bier.« Der Verleih war eine Goldgrube. Und im Haus hatten sich alle daran gewöhnt, dass der hohe Schleifton im Hof das Wochenende einläutete.

»Das Blau im Schlafzimmer ist ja ziemlich dunkel geworden«, sagte Chris.

»Hat Fränkie ausgesucht«, sagte Kiki und zuckte mit den Schultern.

»Wo hat er die wohl geklaut?« Chris klang schläfrig.

»Tja«, sagte Kiki, »geradezu selbstlos. Der Robin Hood vom Prenzlauer Berg.« Sie legte den letzten Teller zum Trocknen auf das breite Fensterbrett.

»Wenn es dir zu viel wird, Kiki, dann musst du es sagen, also ihm sagen.«

Kiki winkte ab. »Wir kommen inzwischen gut miteinander aus. Manchmal tu ich so, als würde ich das Haus verlassen und schleich mich vorsichtig wieder hoch. Nur damit Fränkie mal ein paar Stunden nicht auftaucht. Bisschen umständlich, aber es geht«, sagte Kiki, und Chris musste bei der Vorstellung von ihrem Täuschungsmanöver lachen.

»Aber jetzt hab ich genug vom Streichen. Dann hat er auch nicht mehr so viel Grund, hier aufzutauchen.«

»Da bin ich mir nicht so sicher.« Chris mochte Fränkie nicht, aber Fränkie war ein Freund von Flo, und er hatte hier im Haus die Hand über die leer stehenden Wohnungen. Und über alles andere auch. »Ein uriger Typ«, nannten die aus der Band ihn, »ein Original.« Auf so einen kann man sich verlassen, sagten sie. Er war mal Sänger in einer Punkband gewesen. Man könnte mal was mit ihm aufnehmen, ein richtiger Cowboy Ostberlins ist das, sagten sie. Der kennt die Sprüche alle.

»Wir leben jetzt eben nicht zu dritt, sondern zu viert«, seufzte Chris. »Am Wochenende kommen übrigens meine Eltern und bringen die Vorhänge.« Chris hob entschuldigend die Schultern. Seine Eltern lebten in Bayern. Seine Mutter wollte ihnen unbedingt unter die Arme greifen, der jungen Familie, wie sie immer sagte. Sie wartete auf jedes kleinste Signal, und dann trat sie in Aktion. Als Chris erwähnt hatte, dass in der neuen Wohnung die Sonne morgens ins Schlafzimmer schien, hatte sie das als versteckten Hinweis gesehen, dass er sich über Vorhänge freuen würde.

Kiki hatte gelernt, alleine zurechtzukommen. Sie musste alleine zurechtkommen. Die Nähe zu Chris zuzulassen kostete sie immer wieder aufs Neue Überwindung. Und wenn er von seinen Eltern sprach, dann fühlte sie sich noch tausendmal mehr allein. Sie konnte Hermann und Erika oder Joppe nicht um etwas bitten. Denn dafür müsste alles, was dazwischen passiert war, auf den Tisch gepackt werden. Und vor dieser Wucht hatte Kiki Angst. Das war was anderes als Joppes Faust auf dem Tisch. Das würde der Tisch vielleicht nicht aushalten.

»Die werden bestimmt schön«, sagte Kiki, um Chris zu beruhigen. Sie gab sich Mühe, dass er ihre Gefühle nicht mitbekam. »Lass sie doch, sie freut sich so.«

»Hoffentlich passen die Farben der Vorhänge meiner Mutter zu Fränkies Farben an der Wand«, ächzte Chris. Kiki musste lachen.

»Es gibt übrigens noch Kuchen«, sagte sie und stellte einen Teller mit Zupfkuchen, Donauwelle und Käse-Kirsch auf den Tisch.

Kiki trug den Eimer mit dem Spülwasser zum Klo. Ihre eigene alte Wohnung war eigentlich nicht schlecht gewesen, ein paar Straßen weiter, etwas kleiner und mit Heizung. Und sie waren beide dafür gewesen, die getrennten Wohnungen erst mal beizubehalten, als Kiki schwanger wurde. Aber dann kam vor drei Wochen der Anruf. Als sie ans Telefon ging, wusste sie sofort, dass es Jens war. Sie hatte sich so oft vorgestellt, dass er sie in Berlin finden würde, dass sie gar nicht überrascht war. Aber die Knie sackten unter ihr weg. Jens wollte nicht sagen, wie er ihre Nummer herausgefunden hatte. Er war betrunken. »Du bist schuld«, sagte er nur immer wieder. »Du bist schuld, weil du mich nicht liebst.« Und seitdem hatte Kiki keine ruhige Nacht mehr in ihrer Wohnung verbracht. Als Flo fast am gleichen Tag von der großen Wohnung erzählt hatte, erschien ihr das wie eine Fügung. Und trotzdem wusste Kiki, dass sie Chris irgendwann alles erzählen musste. Von Wolzow – und auch von Jens. Dass Chris nicht fragte, rechnete sie ihm hoch an. Sie wusste nicht, ob sie das könnte, wenn sie an seiner Stelle wäre. Der Gedanke, dass er so viel für sie empfand, überwältigte sie.

Kiki rutschte auf der Küchenbank zu Chris und lehnte sich an seine Schulter. Es ist absurd, aber eigentlich müssen wir Jens dankbar sein. Er hat uns dazu gebracht zusammenzuziehen, dachte Kiki und sah zu Chris. Er war nicht nur schön, er war vor allem voller Hingabe. In allem, was er tat. Auch wenn er nur dasaß, auf einer Küchenbank, von der die weiße Farbe abblätterte, unter der nackten Glühbirne, die über seinem Kopf von der Decke hing, und seiner eingeschlafenen Tochter auf dem Schoß den Kopf hielt. Kiki hingegen fühlte sich immer ruhelos, ohne Halt. Aber sie fühlte auch etwas Neues: Sie fühlte, wie es war, nicht alleine zu sein. An manchen Tagen spürte sie es am ganzen Körper. Es strahlte ihr so weit ins Herz hinein, dass es beinahe schon wehtat. Sie wollte nicht länger auf der Flucht sein. Sie wollte leben, und zwar genau dieses Leben. Aber die Angst vor Jens und seinen Leuten konnte ihr Chris auch nicht nehmen. Die war immer da.

»Ich spritz ab«, sagte Kiki schläfrig.

»Was bitte?« Chris drehte überrascht den Kopf.

»Fränkies Worte, als er die blaue Wand gesehen hat.«

5. Der Weltfrieden

Unter einer einzelnen Kiefer oberhalb der Böschung stand eine rot karierte Gartenliege. Die vorderen Beine fehlten, aber jemand hatte an ihre Stelle einen Holzklotz unter die Liege geschoben. Erika setzte sich vorsichtig. Es war die typische Campingliege, wie sie fast alle hatten, mit den vielen kleinen Metallfedern, die den Stoff rundherum an den Rahmen spannten. Erika streckte sich ganz aus. Der See war dunkelgrün, von der Liege aus konnte sie den grauen Wolkentürmen zusehen, die über das Wasser hinwegfegten, als gälte es, diesen Flecken Erde so schnell wie möglich hinter sich zu lassen.

Erika atmete tief durch. Genau richtig. Je rauer und stürmischer, desto lebendiger fühlte sie sich. Der Wind peitschte kleine Schaumkronen auf die Wellenspitzen. Von links näherte sich der Dampfer. Erika konnte sechs oder sieben Ausflügler auf dem Deck ausmachen. Sie hockten zusammengekauert wie verängstigte Tiere auf den orangenen Plastikstühlen.

Und bald wird keiner mehr kommen, dachte Erika zufrieden, und dann gehört der See wieder ganz uns. Zumindest bis zum nächsten Frühling. Aus den Augenwinkeln beobachtete sie die Kormorane auf dem Wasser. Von hier oben sahen sie harmlos aus. Kleine, schwimmende Vögel, die tauchend das Wasser durcheinanderwirbelten. Wenn sie die Augen schloss, klang das wie ein riesengroßer plätschernder Springbrunnen. Doch in Wahrheit sind sie Todesschwadronen, dachte sie bitter, gnadenlose Verschlinger: Sie klatschen mit den Flügeln auf das Wasser und treiben sich gegenseitig die aufgescheuchten Fische zu.

Erikas Befürchtung, dass der Weltfrieden Hermann emotional aufwühlen würde, hatte sich nicht bewahrheitet. Im Gegenteil: Im Moment bearbeitete er Brombeeren und anderes Gebüsch im Garten.

Körperliche Arbeit war das Einzige, was gegen seine Trübsal half. Und seit Kurzem auch der neue Baumarkt. Wenn es nichts zu tun gab, dann fuhr Hermann jetzt oft dorthin. Er konnte Stunden damit zubringen, zwischen den hohen Regalen Materialien und Werkzeuge zu begutachten – und nebenbei ausführlich die Kunden zu beraten.

»Chemie bringt Brot, Wohlstand und Schönheit« hieß ein Slogan der SED. Sie hatten sich darüber lustig gemacht, aber der Glaube an die Forschung war wahrscheinlich ihr einziger gemeinsamer Nenner mit der Regierung gewesen. Nach der Wende wurden sie zuerst feierlich als sanierungsfähig eingestuft. Das hatten damals nicht viele VEBs geschafft. Sie waren stolz. Was sie nicht wussten: Sie hatten im Jahr der Wende gleichzeitig ihren Höhe- und ihren Tiefpunkt erreicht.

Im November 1994 dann, wurde das Werk geschlossen. Da war den meisten von ihnen schon gekündigt worden. Ihre Zukunft wurde besiegelt, während sie noch versucht hatten, die Produktion überhaupt zum Laufen zu bringen. Sie hatten es gar nicht mitbekommen, weil sie Tag und Nacht damit beschäftigt waren, zu prüfen, zu testen, zu konfektionieren.

»Fertig.« Hermann klang zufrieden, als er über den Hang nach oben kletterte. Er ließ sich neben Erika an der Kante auf den Boden fallen, nahm die Mütze ab und rieb sie über den glatten Kopf. Etwas umständlich packte er ein Raffaello aus und steckte sich die weiße Kugel in den Mund. Er hatte immer welche in seiner Jackentasche. Eine zweite verschwand in seinem Mund.

Er nahm den Metalldetektor in die Hand, der an der Kiefer lehnte und untersuchte ihn. Er führte ihn zum Test in Richtung Erikas Schlüsselbund. Es piepte laut.

»Bist du jetzt Schatzsucher?«, fragte Erika. Sie wollte heute anfangen, den Kindergarten zu putzen. Der König hatte den Schlüssel unter einen alten Blumenkasten gelegt.

»Für die Mondschaukel. Heikes Mondschaukel. Die muss hier noch irgendwo sein.« Heike wollte damals als Kind nie runter von der Gartenschaukel. Sie wollte mit ihr zum Mond fliegen. Sie konnte eine Stunde und länger auf der quietschenden Hollywoodschaukel sitzen. Eine Kindergärtnerin hatte sogar schon leichte Bedenken durchklingen lassen.

Hermann zeigte in den vorderen Teil des Gartens, wo unter Buschwerk und Brombeerranken Teile von Kindergartenmöbeln herausragten. Erika wäre nie darauf gekommen, aber es war eine schöne Idee von ihm, nach der alten Schaukel zu suchen, das musste sie zugeben.

Sie hörten die regelmäßigen platschenden Schläge eines Ruderbootes am Ufer. Joppe kam den Hang nach oben und brummte zur Begrüßung. Er hatte Barsche dabei.

»Das Zeug muss später noch weg.« Hermann deutete auf den großen Haufen mit dornigem Gestrüpp. »Gegrillter Barsch?«

»Ich mach mich ans Haus«, sagte Erika.

Hermann und Joppe gingen zu dem großen Schutthaufen, um den Detektor auszuprobieren.

Die Blumenvorhänge in Orange und Braun, die Fliegenpilz-Garderobenhaken an der Wand in Kinderkopfhöhe, die kleinen Tische mit den Bänken – es war, als ob niemand mehr diese Räume betreten hatte, seit die Werks-Kita vor zehn Jahren zugemacht hatte. Und auch der Geruch war noch da: Es roch natürlich vor allem nach Wofasept. Den Geruch nach dem Bodenputzmittel bekam man nicht mehr raus aus dem Linoleum. Darunter mischten sich der von muffigem Spielzeug und den vielen Eintöpfen, die hier gekocht worden waren – es war ein vertrauter, fast schon heimeliger Geruch.

Im Speisesaal mit den großen Fenstern zur Seeseite hatte sich aber doch etwas verändert. Die Kindermöbel waren rausgeräumt worden, und an ihrer Stelle standen zwei Sofas und einige Stühle in Normalgröße.

Hier haben sie also gefeiert, dachte Erika plötzlich, als sie in der Tür stand. Sie bekam es noch nicht ganz zusammen. Der braune Kobold Pittiplatsch winkte von der Wand, und an den Fenstern klebten noch zwei, drei vergessene Friedenstauben. Erika holte die Putzsachen aus dem Barkas. Sie hatte nichts übrig für Sentimentalitäten, sie hatte sich ihr ganzes Leben bemüht, nicht zimperlich zu sein. Aber als sie zwei kleine Roller, einen kaputten Kinderwagen und die Wimpelketten aus dem Flur auf die Terrasse vor das Haus räumte, musste sie schlucken. Sie würden die Säcke später zum Wertstoffhof fahren. Alles Restmüll, dachte sie. Weg mit der Vergangenheit. Darin waren sie inzwischen gut.

Hermann und Joppe mussten schon eine Weile so dagestanden haben, bevor Erika sie sah. Mit beiden Händen winkten sie ihr zu. Irgendwas hatten sie wohl gefunden. Vielleicht die Wippe, dachte Erika, ach nee, die Schaukel wollten sie ja suchen. Joppe kam zum Haus und klopfte ans Fenster. Er hielt eine Flasche in der Hand und eine kleine runde Blechdose. Im Innern der Flasche steckten noch dicke Erdklumpen. Dennoch erkannte Erika sofort: Krimskoye, der rote, der teure.

Erika öffnete das Fenster. Eine Friedenstaube fiel ab und verfing sich unter dem Fenster in einem dornigen Busch.

»Es ist alles voll hier. Es ist eine Grube!«, rief Hermann von hinten und hieb mit dem Spaten in den Boden.

Sie starrten zu dritt auf den kniehohen Tisch im Garten. Erika sträubte sich. Wer an Vergangenem rüttelt, der reißt das Fundament ein. Das ist 'ne Abrissbirne! Und wenn es erst zu wackeln anfängt, dann ist man verloren.

»Nivea«, sagte Hermann und betrachtete sinnierend die Dose, die er in der rechten Hand hielt. Er sagte: »Westen.« Dann nahm er die Krimskoye-Flasche in die linke Hand und sagte zu ihr: »Osten.«

»Müll«, sagte Erika knapp. »Wahrscheinlich hat die Abfallentsorgung in den Ferienhäusern eine Zeit lang nicht funktioniert. Nach der Wende hat ja einiges nicht mehr funktioniert.« Die beiden Männer guckten sie mit einem Blick an, der genau das verriet, was sie auch befürchtete: Es hatte was anderes zu bedeuten.

Nachdem sie Barsche gegrillt und das weiße Fleisch mit den kleinen Kindergabeln von den Gräten abgetrennt hatten, hockten sie neben der hüfttiefen Grube, die Hermann und Joppe ausgehoben hatten. Am Rand waren alle Fundstücke ordentlich in einer Reihe aufgestellt: Sektflaschen, Cognacflaschen, Kaviardosen, Parfumflaschen und Cremedosen, vor allem aber: unzählige kleine Glas-Ampullen und Pillendosen, allesamt verrostet und voller Erde und anscheinend beliebte Behausung von besonders fetten Regenwürmern, die Joppe alle in ein kleines Fläschchen gestopft und mit einem Stock verschlossen hatte.

»Sie haben eben gefeiert?«, versuchte Erika die Fundstücke zuzuordnen.

»Aber warum hat er die Sachen vergraben?«, fragte Hermann und holte sich umständlich mit seinen Gartenhandschuhen ein Raffaelo aus der Jackentasche.

»Na ja, war eben sicherer so«, überlegte Erika laut und schloss: »Hier konnte er die verräterischen Spuren verschwinden lassen, ohne dass es jemand mitbekommen hat. In den Kita-Mülltonnen wäre der Edelmüll vielleicht doch etwas aufgefallen.«

Joppe brummte nachdenklich. Sie stellten sich vor, wie der Behrends nachts im Mondschein leicht schwankend vom Cognac am Rand der Grube stand, um die Flasche zu vergraben. Sie musste lachen. Aber der bittere Geschmack war nicht mehr wegzubekommen.

»Und dann ist er auf und davon ...« Erika stockte. »Seine Arbeit hier war getan. Sie haben gefeiert, als wären sie Könige auf einem Siegesfeldzug.« Eroberung erfolgreich, lasst die Korken knallen, dachte sie bitter. Und nachdenklich fügte sie hinzu: »Vielleicht haben die Inhalte der Flaschen und Röhrchen ihnen aber auch geholfen, nicht darüber nachdenken zu müssen, dass hier auch noch Menschen involviert waren.«

Hermann sagte ganz ohne Ton: »Für die ging es nur darum, schnell dichtzumachen. Und die Laboreinrichtung zu verkaufen.«

Sie stand auf und klopfte sich die regenschwere Erde von den Knien. »Wir sollten die Grube wieder zuschütten. Ich hol uns Tee aus dem Wagen.«

Doch es war zu spät. Auf einmal schien der stürmische Wind aus den Kiefern zu fahren und mit voller Kraft an ihrem Netz zu rütteln. Der Weltfrieden war im Begriff, ihnen den Boden unter den Füßen wegzureißen. Das konnte sie nicht zulassen! Sie blickte auf. Wie auf ein geheimes Zeichen hin erhoben sich die Kormorane vom Wasser in die Luft. Dort, wo Kormorane nisten, wächst nichts mehr. Ihre Exkremente hatten die beiden kleinen Inseln im See bereits vollends verätzt. Nur noch tote Bäume und Büsche. Kormorane haben eine elastische Speiseröhre und verschlingen bis zu fünfhundert Gramm Fisch am Tag, hatte Joppe erzählt, als er noch sprach. Wenn er über Kormorane redete, konnte er, der gutmütigste Mensch von ganz Brandenburg, voller Hass sein. Er konnte einfach nicht begreifen, warum die Natur so viel Grausamkeit und Ungerechtigkeit zuließ. Die Vögel fressen mehr, als sie eigentlich brauchen, ihre Gefräßigkeit übersteigt im Grunde all unsere Vorstellungskraft, sagte er. Der absolute moralische Verfall. Erika hatte das immer als übertrieben abgetan. Es waren schließlich auch bloß Tiere, die Nahrung für ihre Jungen suchten. Sie hatten genauso eine Daseinsberechtigung wie andere Tiere auch. Tiere konnten schließlich nicht moralisch oder heimtückisch sein. Obwohl sie zugeben musste, dass die Kormorane ihr auch immer ein bisschen schlecht gelaunt vorkamen. Die Miesepeter auf dem Wasser. Ein bisschen so, als würden sie von irgendetwas getrieben, ohne so recht Freude daran zu haben.

Der Geruch der Ohnmacht war wieder da. Es gab diese Art von Gerüchen, die blieben als Nachgeschmack. Gerüche markierten Zeiten. Die Ohnmacht hatte beißend und kalt gerochen, ein Geruch, der alles tötete, der einem den Atem nahm.

Sie hatte damals nicht einfach alles auf das System schieben können so wie Hermann. Nach der Schließung kamen die Zweifel: Hatte sie schlecht gearbeitet? War sie nicht gut genug gewesen? Zu langsam? Oder zu wenig gründlich? Sie konnte nicht mehr die Kraft aufbringen, sich mit den Veränderungen zu beschäftigen, denn sie bekam kaum Luft. Die Ohnmacht war dann nach einiger Zeit so plötzlich wieder weg gewesen, wie sie gekommen war. Aber der Geruch war eingebrannt – genau wie die schrecklichen Gerüche der Wunderbäume, die plötzlich unter allen Rückspiegeln baumelten. Diese schrecklichen Verschlinger jedes anderen Geruchs, jeder Orientierung.

Die Gerüche waren nicht nur Erikas Begleiter, sie waren auch ihre Gegner. Sie hatte angekämpft gegen den Geruch der Ohnmacht. Und jetzt war er plötzlich wieder da, die Erinnerung daran, an die Penetranz, die alles vernichtende Penetranz.

Aber heute war Erika stärker als damals. Sie war gewappnet. Erika holte ein kleines Fläschchen aus dem Handschuhfach des Barkas und hielt die Öffnung unter die Nase. Bergamotte. Neue Kraft durchströmte sie. Sie ging wieder hinter das Haus, wo Hermann und Joppe neben der Grube als schweigende Silhouetten vor dem dunklen Abendhimmel standen. Sie gehörten zusammen. Das war schon immer so gewesen. Wenn Joppe und Hermann zusammen waren, dann wurde jeder andere um die zwei herum zu

Luft. Die beiden brauchten immer nur wenige Minuten, um sich aus ihrer Situation herauszuheben, und dann gab es nichts mehr außer ihnen. Joppe erzählte von seinen Visionen und von seinen Büchern – und Hermann hörte zu. Er lauschte, er nickte, er unterbrach nur ganz selten, aber wenn er etwas sagte, dann sah Joppe ihn so entzückt an, als hätte Hermann ihm gerade die Antwort auf die Frage aller Fragen verraten.

Als das Werk ganz neu war, hatten sie sich oft noch abends zu fünft getroffen. Sie wohnten damals alle in den neuen Einzimmerwohnungen neben dem Werk. Ganz in der Nähe gab es diesen kleinen Strand, ein Bach floss dort aus dem Wald in den See, und ein kleiner, uralter, brüchiger Steg führte durch das Schilf. Wenn man ganz vorne am Wasser saß, war man vollkommen versteckt – und drum herum gab es nur noch See und Himmel. Keiner konnte so gute Geschichten erzählen wie Joppe. Sie fühlten sich unaufhaltbar und stark – und waren froh und dankbar darüber, wie Martina immer gesagt hatte, dass das Leben sie hier an dieser Stelle auf ebendiesem lebensgefährlich wackeligen Steg zusammengebracht hatte. »Und so werden wir uns hier treffen, bis dass der Steg zusammenbricht und wir gemeinsam untergehen!«, hatte sie gerufen. »Vereint mit Millionen von deinen kleinen Viren und Phagen hier im Wasser«, hatte Joppe ergänzt. Sie hatten alle gelacht. Ans Untergehen hatte niemand von ihnen gedacht.

Auch an dem Abend, als Martina und Joppe aus Tiflis zurückkamen, hatten sie sich am Strand getroffen. Die beiden hatten in Georgien das »Institut für Impfstoffe und Sera« besucht, das größte Forschungslabor für Bakteriophagen weltweit. »Die sind weit, sehr weit sogar«, Martina war sichtlich beeindruckt.

»Die Georgier sind auch nicht schlecht, heißt es«, zogen die anderen sie auf. »Und erst der Wein …!«

Martina war wirklich wie verliebt, aber sie war Wissenschaftlerin, und verliebt war sie immer nur in die Forschung. So war das mit Martina. Sie hatte irgendwie keinen Kopf für Männer. Eine Zeit lang gab es das Gerücht, dass sie jemanden hatte, einen Professor in Frankfurt. Aber Martina hatte das abgewehrt: »Ich funktioniere am besten alleine«, sagte sie immer.

»Die Georgier haben es vorgemacht. Es läuft auch in der Praxis«, sagte Joppe. Das war für ihn das Wichtigste. Für Joppe war die Wissenschaft auch ein Auftrag: die Welt besser zu machen. »Es zeigt diesen irren Kosmos. Viren und Phagen bilden ein eigenes Ökosystem. Sie leben so seit Milliarden Jahren miteinander und voneinander. Sie sind überall und werden immer sein. Wir können ALLES von ihnen lernen.«

»Bilden sich Resistenzen, mischen die in Tiflis einen neuen Cocktail dagegen an«, schwärmte Martina weiter. »An dem Institut arbeiten bestimmt tausend Mitarbeiter.«

»Ja, die haben ja auch die gesamte Rote Armee als Abnehmer«, warf Erika ein.

»Alles Leben auf diesem Planeten ist von Phagen gesteuert«, schloss Joppe seinen ganz eigenen Gedankengang.

Billa stöhnte auf. »Das wird mir zu extrem hier, ich brauch eine Abkühlung.« Sie ließ sich ins Wasser fallen.

Erika brachte den Tee zur Grube. Inzwischen war es vollkommen dunkel. Sie standen genau an der Kante und tranken den Tee. Er schmeckte nach den roten Plastikbechern mit doppeltem Henkel, die Erika in der Kindergartenküche im Küchenschrank gefunden hatte. »Und wenn wir doch noch was finden, vielleicht irgendwo hier im Haus«, begann sie nach ein paar Minuten des Schweigens vorsichtig. Hermann schnaubte hörbar.

»Und wozu?« Nach einer Pause fügte er leiser hinzu: »Es würde ja doch nicht mehr so werden wie früher ...«

Erika nickte. Hermann hatte recht. Kokolores. Sie mussten das Fundament erhalten. Ihr gemeinsames Fundament. »Behrends geht uns nichts an«, und nach einer Pause, wie um sich selbst zu beschwichtigen: »Es ist eine Grube. Eine Grube mit leeren Flaschen. Sonst nichts.«

Hin und wieder leuchteten am anderen Ufer die Scheinwerfer eines Autos auf, das weit weg einen Hügel hinunterfuhr.

»Er muss eine Scheißangst gehabt haben«, sagte Joppe. Erika und Hermann drehten gleichzeitig ihre Köpfe zu Joppe. »Irgendwas gab es zu vertuschen.«

Jetzt waren sie es, die nichts sagen konnten. Es kam einfach nichts raus aus dem Mund, also machte Erika ihn wieder zu.

»Äh, ja, keine Ahnung, guckt nicht so, ich schätze die Schweigezeit ist jetzt vorbei. Vielleicht gibt es doch mal wieder einen Grund, was zu sagen.« Und nach einer Pause. »Ist gar nicht so schwer, wie ich dachte, wieder zu reden. Kann man machen ...« Und als wäre er selbst am meisten von seiner Stimme überrascht, setzte er versuchsweise noch ein halb gebrummtes »Quatsch nich', Krause« hinterher.

Erika sah in Hermanns Augen und wusste mit einem Mal, dass es nicht vorbei war. Gar nichts war vorbei. Es ging gerade erst los.

NOVEMBER 2001

1. Der Parkplatz vor dem Baumarkt in Königswerder-West

Der Baumarkt hatte im Frühling eröffnet. Ein riesengroßer grauer Kasten, direkt hinter der Tankstelle, dort, wo sich früher das Zufahrtstor zum Gelände der Fermentationswerke KW befand. Ein Stück Werksmauer stand noch am Parkplatzrand. »So fett wie Kohl werden wir nie« stand dort in Schwarz auf den grauen Betonplatten. In Rot hatte ein anderer »Zum Glück« druntergesprüht.

Hermann war schon den ganzen Tag hier. Erika schloss ihr Fahrrad neben dem Eingang zur Gartenwelt ab. Es gab Lichterketten, Kaminöfen und Feuerholz im Angebot. Hinter den vereinzelten Gartenhäuschen und hochgestellten Gartenteich-Ovalen kam nichts mehr. Mannshohes Unkraut wucherte zwischen den Steinplatten.

Unzählige Birken waren in die Höhe geschossen, sodass man das Gelände kaum noch überblicken konnte. Irgendwo dort drinnen im dichten Gestrüpp hatte damals das Arbeitsamt direkt nach Schließung des Werks einen Container aufgestellt, um alle Entlassenen gleich direkt vor Ort registrieren zu können. Das war vielleicht der Moment, an dem auch den Letzten klar geworden war: Das Ganze läuft nicht so gut. Gesamtvollstreckung. Vierhundertfünfzig Arbeiter, die einer nach dem anderen ihre »vier Bausteine« ausfüllten: Meine persönlichen Daten – Mein Lebenslauf – Meine Fähigkeiten – Meine Stellengesuche.

Die Euphorie war verpufft. Natürlich wussten sie, dass sie im Wettbewerb nicht hätten mithalten können. Frage: Warum nennt man die DDR auch Deutsche Gebirgsrepublik? Antwort: Wegen der Engpässe.

Vor dem Eingang zum Baumarkt stand der Imbisswagen von Els. Und plötzlich erschien er Erika wie eine leuchtende Oase. Eine Kraftquelle. Sie steuerte darauf zu.

Els hieß eigentlich Elsa, was ihr aber zu altmodisch war. Früher nannten sie alle Else – aber das klang ihr jetzt zu deutsch. Els war seit einem Jahr wieder zurück. Sie war in Berlin gewesen, in Dresden und in New York. Doch sie war nie wirklich irgendwo angekommen, wie sie erklärte. Erika fand es mutig von ihr zurückzukehren. Das wurde schließlich schnell als Versagen gewertet. Els war bestimmt zwanzig Jahre jünger als Erika und hatte sich einen alten Wohnwagen umgebaut. Mit dem stand sie jetzt auf dem Parkplatz vor dem Baumarkt und verkaufte ihre selbst gemachten Puffer. Vor dem viel zu kleinen Fenster standen die Menschen von vormittags um zehn bis abends um acht Uhr geduldig in der Schlange. Aber der orangene Wohnwagen mit den gelben, grinsenden Kartoffelpuffern war viel mehr als ein Imbiss. Er war Jobbörse, Beratungsbüro und Vermittlungszentrale in einem.

Els hatte eine Mission oder besser gesagt, sie konnte gar nicht anders: Sie brachte die Menschen zusammen. Und vor allem wollte sie den Rückkehrern helfen. »Weggehen ist leicht, zurückkommen nicht«, sagte sie immer, und: »Wo nüscht is, kann immer noch viel entstehen!« Das war so was wie ihr Wahlspruch – und der hatte sich inzwischen rumgesprochen. Die Leute aus der Umgebung kamen zu ihr und sagten so was wie: »Meine Cousine lebt in Stuttgart und ist dort sehr unglücklich.« Und dann hörte sich Els nach passenden Jobs in der Umgebung für die Cousine um. Die Stellen im Baumarkt waren beinahe ausnahmslos über den Puffergrill gegangen, als der noch ganz für sich neben der Aral-Tankstelle stand. Und sie selbst hatte auch große Pläne, eine Art Beratungs-Café für Geschäftsideen und Finanzierungsmöglichkeiten direkt am Bahnhof. Eigentlich das, was sie jetzt ja auch schon machte. Nur als Laden. Die Puffer sollten das nötige Startkapital liefern.

Els hatte immer gute Laune. Die rot gefärbten Haare leuchteten unter ihrer gelben Baseballkappe hervor, auf der in geschwungener Schrift *Mutti* stand. Dass daraus ein Spitzname wurde, der auch besagte, dass Els nicht nur die Menschen vernetzte, sondern sich auch um einsame Männer kümmerte, das schien sie nicht im Geringsten zu stören. In der Schlange vor dem Fenster standen eine Familie mit zwei sehr schlecht gelaunten Kindern, denen die Puffer nicht schnell genug fertig wurden – Ferienhausbesitzer, schätzte Erika – sowie zwei Lehrlinge von Maler Schmidt, wie auf ihren knapp sitzenden weißen Latzhosen zu lesen war. Els und die Lehrlinge waren gut in Fahrt, schäkerten, was das Zeug hielt, doch als der weiße Lieferwagen hupte, verschwanden die beiden Latzhosen mit ihren Puffern schnell in Richtung Meister und Arbeit.

»So – viermal mit Apfelmus«, wandte sich Els an die Familie, und dabei zwinkerte sie Erika zu. »Noch 'ne Feierabendlimonade dazu?« Die Familie guckte verständnislos und zuckelte davon.

»Hier kommen zwei besonders Schöne – extra für dich, Erika« – Els schob einen Pappteller mit zwei dampfenden Kartoffelpuffern durch das kleine Fensterchen. »Was führt dich her?« Sie blickte zum Baumarkt und nickte wissend: »Hermann?«

Erika nickte. Und dann platzte es aus ihr raus, einfach so, und sie erzählte Els alles, vom Weltfrieden, von der Grube und davon, dass sie die Kontrolle zu verlieren drohte. »Ich weiß ja auch nicht, warum mich das nicht einfach kaltlässt«, schloss Erika und wischte sich Apfelmus aus den Mundwinkeln. »Vorbei ist schließlich vorbei ...«

Sie blickte zu Els hoch. Die nickte: »Ja, völlig richtig, meine Liebe, macht einen bloß unnütz fertig.« Aber dann fügte sie noch verschwörerisch hinzu: »Man kann zwar die Vergangenheit nicht ändern – die Betrachtungsweise aber schon.«

Erika faltete den Pappteller zusammen. So viel Lebensweisheit hatte sie aus der kleinen Luke des Wohnwagens nicht erwartet. »Hab ich von meiner Schauspiellehrerin aus New York«, gab Els zu, weil Erika sie so überrascht ansah. »Damit wollte sie uns sagen: All das, was ihr vergessen und verdrängen wollt, ist euer größtes Potenzial. Wir mussten bei ihr in einer Art Tagebuch alles aufschreiben, was nie, nie, niemals irgendjemand erfahren durfte. Das Schlimmste, das Peinlichste, all unser abgrundtiefsten Gedanken sollten da rein. Und mit diesen Gefühlen sollten wir dann arbeiten.« Els machte sich eine Cola auf. »Die hatte Sprüche drauf, da haste nur noch mit den Ohren geschlackert. Ich hab die wirklich bewundert. Bis ich das Buch gelesen habe, aus dem sie die ganzen Sprüche und auch die Tagebuch-Technik hatte. Das war auch von einer Schauspiellehrerin, die aber unter anderem Brad Bitt, Halle Berry und Jim Carrey groß gemacht hat. Hinten in dem Buch war ein Foto von der Lehrerin oder dem Coach, wie man sagt. Da bin ich wirklich fast vom Stuhl gekippt: Meine Lehrerin hatte bis ins kleinste Detail versucht, so auszusehen wie die Brad-Pitt-Lehrerin – nur dass ihr das null gelungen ist!« Els gackerte laut. »Und weißt du, was ihr Lieblingsspruch war: Man hat immer eine Wahl!« Erika musste mitlachen.

»Aber jetzt mal im Ernst – das wär doch was, wenn man den Sascha vielleicht doch noch irgendwie drankriegen könnte. Koscher war das alles nicht, darauf wette ich mein Puffermobil«, überlegte Els laut. »Also alles, was ich besitze.« Sie gackerte wieder los.

Erika wurde mulmig zumute. »Ach lass mal, das ist doch bestimmt alles verjährt.« Und nach einer Pause sagte sie noch, mehr zu sich selbst: »Ich will das alles gar nicht wissen.«

Els wackelte mit dem Kopf. »Ich würd's schon wissen wollen.

Und wenn du mich fragst: Irgendwann kommt es sowieso raus. Ist meistens so ...«

Es nieselte. Der Baumarkt lag in der Dunkelheit wie ein riesenhaftes Raumschiff, das versehentlich auf märkischem Sand notlanden musste. Erika: »Ich geh Hermann suchen. Das Ausgraben der Vergangenheit hat ihm auch etwas zugesetzt.«

»Lass gut sein, Erika«, sagte Els und winkte ab, als Erika das Portemonnaie zückte. Dann schickte sie noch ein »Tschö mit Ö« hinterher. Erika überquerte den Parkplatz, drehte sich noch einmal kurz um und winkte Els zu, die mit strammer Haltung und zwei Fingern an ihrem Käppi grüßte. Erika fragte sich, was wohl wirklich der Grund gewesen war, warum Els die Schauspielerei aufgegeben hatte.

2. Der Baumarkt in Königswerder-West

Holz, Farben, Klodeckel und Armaturen. Erika ging durch die Gänge, sie waren die Seitenstraßen einer Stadt. Hin und wieder kreuzten andere Straßen, gaben den Blick frei in andere Richtungen oder öffneten sich auf eine der Hauptstraßen. Erika widerstand der Versuchung, durch die Deko-Abteilung am Eingang zu gehen. Obwohl sie gerne mal nach ein paar neuen Weihnachtssachen geguckt hätte. Sie blieb kurz stehen und sog den harzig-klaren Geruch in der Holzabteilung ein. Auf die Gerüche konnte sich Erika verlassen. Sie waren ihr unsichtbares Leitsystem.

Eine raue, aber gleichzeitig einschmeichelnde Männerstimme unterbrach die Musik. »Hallo Sie! Ja, Sie! Sind Sie unser Typ? Dann werden Sie ihn auch so lieben wie wir. Er kann alles – genau wie Sie.« Die Stimme jagte Erika eine Gänsehaut ein. »Nicht irgendein Druckreiniger, sondern einer mit richtig Druck. Mit Hochdruck.« Erika wunderte sich. Wie groß war wohl die Trefferquote, dass genau jetzt jemand durch die Gänge ging, hier im Baumarkt von KW West, auf der Suche nach einem Hochdruckreiniger? Oder kauften Menschen ein Gerät, weil sie sich als Typ mit richtig Druck sehen wollten? Erika verstand nicht, wie Werbung funktionierte. Sie war zu rational dafür. Wenn es allerdings Werbung mit Gerüchen gäbe, dann wäre sie ihr ausgeliefert.

Sie fand Hermann im Gang mit den Dämmmaterialien. Er beriet ein junges Paar. Wochenendhausbesitzer, das sah Erika sofort, Berliner. Sie konnte es Hermann nicht übel nehmen. Er holte neue Kunden an Land. Sie hörte ihn sagen: »Es gibt Platte mit Glaswolle und Trennfilz mit Glaswolle. Kommt eben drauf an, was Sie bauen wollen.«

Der Mann von den beiden wollte sichtlich lieber weiter, aber die Frau hörte Hermann zu, ihre Haltung drückte Dankbarkeit aus. Sie sagte: »Es ist ein altes Grundstück mit einer Ruine drauf. Die Ruine ist wohl nicht mehr zu retten, wie wir jetzt erfahren haben. Es ist das Grundstück gleich neben dem Anglerverein am See – vielleicht kennen Sie es?« Natürlich kannten sie es. Dort sollte nach der Wende ein Tagungshotel entstehen. War aber 'ne Pleite. »Wir wollen eigentlich für den Winter erst mal eine Sauna bauen. Und deshalb sind wir hier.«

»Dann würde ich Mineralsteinwolle nehmen. Ist weniger hitzeempfindlich. Oder Kork. Das ist dann aber eine Kostenfrage.« Erika beobachte das Paar. Sie wollte am liebsten schnell wieder raus aus dem Baumarkt. Erika blickte auf ihr Handy. Heike rief an. Sie ging nicht dran. Sie würde zurückrufen.

»Abgemacht«, sagte Hermann gerade. Es ging um das Grundstück. Oder um die Sauna? So oder so, ein kleiner Bauauftrag. Nicht schlecht, Erika schmunzelte.

Er brauchte sie. Und sie brauchte ihn. Das war schon immer so gewesen. Denn auch wenn er sich das Leben ganz schön schwer machte, Hermann konnte etwas, was Erika ohne ihn nicht hinbekam: Er konnte sich treiben lassen, loslassen. Und er liebte sie mit allen ihren Zwängen und Ängsten. »Kleine Frau« nannte er sie, so wie Gundermann in seinem Lied »Nach Haus«, das so gut passte auf sie beide, weil sie so klein war und Hermann so groß. »Schlaf, kleine Frau, mach die Beine lang ...« – und das tat ihr gut. Billa hatte immer gesagt: Ihr zweie, ihr seid wie das Gaspedal und die Bremse beim Auto – ohne den anderen würdet ihr nur Unfälle baun.«

Hermann konnte ihre Zweifel und Sorgen wegwischen, einfach so. Er nahm sie in den Arm und sagte eindringlich und jedes Wort betonend, sodass die drei Worte auf einmal die ganz Welt bedeuteten: »Lass gut sein.«

Das junge Paar zog weiter. Hermann hatte ihnen Erikas Telefonnummer auf einen Zettel geschrieben.

Der Barkas parkte am äußersten Rand vom Parkplatz. Von hier aus überblickten sie die ganze mächtige spiegelnde tiefschwarze Fläche des Sees, die eine fremde Welt verbarg.

Nur Joppe kannte sie. Wie er damals darauf gekommen war, wusste niemand so genau, aber er hatte es irgendwie geschafft, im Betrieb eine Sektion Tauchsport durchzusetzen – um dann dort unter der Wasseroberfläche in seine unersetzbare Welt der Stille zu gelangen. Und das, obwohl Atemregler für Taucher in der DDR aus naheliegenden Gründen wie Waffen zurückgehalten wurden, Ausnahmegenehmigungen gab es nur sehr wenige. Aber sie hatten ja auch nie an Flucht gedacht. Sie hatten vielmehr gehofft, dass sich alles ändern würde, Stück für Stück. Sie wollten das System weiterentwickeln. Und ihr Penicillin. Sie wollten weiter daran glauben. Aber was noch wichtiger war: Sie wollten zusammenbleiben.

Es begann zu regnen. Hermann und Erika stiegen in den Wagen, ohne ein Wort gewechselt zu haben. Die Kormorane hatte sie schon seit Tagen nicht mehr gesehen. Aber Erika wusste, dass sie trotzdem da waren. Kormorane kann man nicht vertreiben. Jagt man sie, löst dies einen enormen Stress bei ihnen aus – und sie fressen noch mehr.

Man musste mit ihnen leben.

3. Das Kino am Platz im Prenzlauer Berg

Kiki hatte die Bilder vom Dönerladen in der Zeitung gesehen. Auf den beiden Tischen im Kinofoyer lagen jeden Tag die Zeitungen aus, und der abgebrannte Imbiss an der Wolzower Seepromenade, schwarz und ausgehöhlt, hatte es in jeder Berliner Zeitung auf die Titelseite geschafft. Natürlich steckte Jens dahinter. Er machte ja auch gar keinen Hehl daraus. Er ließ sich jetzt als Anführer von den anderen feiern. Sie hatten schon längst Position bezogen, an der Tankstelle vor der Autobahnauffahrt. Und es gab niemanden, der sich nach Anbruch der Dunkelheit noch dorthin traute. Egal ob blond oder dunkelhäutig, der Frust brach sich immer seine Bahn. Und das Nazizeug erfüllte seinen Zweck: Jeder hatte Angst, alle kuschten.

Einige andere von früher, die, die jetzt in Berlin lebten, hatten ein Rundschreiben verfasst, um vor Ort gegen Jens und seine Nazigruppe zu demonstrieren. Aber dafür hatte Kiki keine Kräfte übrig gehabt. Die Demonstration hatte dann auch gar nicht stattgefunden. Und dass Jens ihr am Telefon nach dem Anschlag die Schuld für diesen ganzen Wahnsinn gegeben hatte – das zeigte nur noch mehr, wie unberechenbar er war.

Kiki schloss das kleine Kino am Platz auf. Sie schaltete die Lichter im Foyer an, steckte den Stecker der Kaffeemaschine ein, ordnete ihre Haare mit gespreizten Fingern im Spiegel an der Rückwand und nahm sich eine Cola aus dem Kühlschrank. Sie liebte diesen allerersten Schluck Cola noch immer. Er würde für sie immer nach etwas unerreichbar Großem schmecken, nach Leuchtreklame und Amerika. Coca Cola hatte den Osten damals über Nacht erobert. Die rote Flasche gegenüber vom Bahnhof war jedenfalls das Erste gewesen, das in Wolzow in den trüben Novemberhimmel leuchtete.

Ihre erste Cola hatte sie allerdings schon vor der Wende getrunken. Mit Jens – wie alle anderen auch. Sein Vater reiste als Vertreter hin und wieder in den Westen und brachte seinem Sohn jedes Mal eine Coca-Cola mit, und jeder, den Jens von seiner Flasche mittrinken ließ, fühlte sich geadelt. »Um eins hinterm Kummerkasten«, hatte er nach dem Sportunterricht zu Kiki gesagt – und alle hatten gehört, dass sie heute auserwählt worden war.

Der Kummerkasten war ein gelber Kiosk, der irgendwo in der Wiese am Straßenrand stand, kurz vor dem Strandbad. Aber die Menschen pilgerten dorthin. Sie holten sich die Zeitung und, viel wichtiger, den neusten Tratsch von Bärbel. Im Sommer war die Schlange vor dem Kummerkasten lang, dann gab es bei Bärbel auch Bockwurst und Softeis. Aber unter der Woche war dort nichts los. Als sie den Kiosk erreichte und auf die Rückseite ging, hatte Jens die Cola schon zur Hälfte getrunken, es war keine Kohlensäure mehr drin, und sie war warm, beinahe heiß von der Sonne und von Jens' schwitzenden Händen. Aber der erste Schluck war trotzdem ein Feuerwerk.

»Und jetzt küss mich«, sagte Jens.

»Spinnst du?«, hatte sie geantwortet und sich an die Stirn getippt. »Du küsst mich, oder ich sag, die Cola ist von dir.«

Kiki ließ es zu, dass Jens sie küsste. Der Kuss war aufregend, kam aber bei Weitem nicht an die Cola ran.

Strandbad und Ferienlager, verstecktes Händehalten und vorsichtiges Streicheln. Sie waren Kinder, und es war, lange bevor Jens seinen Kopf rasierte, es war, als er noch Fußballschuhe trug statt Springerstiefel.

Als Jens und die anderen als Neonazis durch den Ort zogen, damals, als das Jugendzentrum geschlossen wurde, musste jeder, ob er wollte oder nicht, sich entscheiden. Sie hatten das Sagen. Die Erwachsenen guckten weg. Die Lehrer guckten weg. Und niemand fand sich mehr zurecht, wenn es darum ging, was eigentlich noch erlaubt war und was nicht.

Kiki war damals gerade achtzehn geworden und hatte neue Freunde in der Kreisstadt kennengelernt. Sie bauten eine alte Mühle aus, sie organisierten Punkkonzerte und Flohmärkte. Nur dass Kiki jeden Abend mit dem Bus wieder nach Wolzow zurückmusste. Sie fuhr zwei Haltestellen weiter, bis hinter die Plattenbausiedlung, um möglichst weit weg von der Tankstelle auszusteigen. Aber an einem Abend, als sie mit ihrem damaligen Freund aus Königswerder kam, stand Jens hinter dem Haltestellenhäuschen. Die Rücklichter vom Bus leuchteten wie rote Augen durch den Nieselregen. Sie wurden immer kleiner, und schließlich waren sie allein und standen einer geballten Ladung Hass gegenüber. Und die musste sich entladen, was in dem Moment klar wurde, als Jens losbrüllte. Was dann geschah, dafür fand sie noch immer keine Worte. Die Narbe an ihrem Hinterkopf sagte schon zu viel. Dabei war die nur ein Versehen, weil sie sich eingemischt hatte. Ihr Freund hätte es beinahe nicht überlebt.

Kiki füllte das Popcorn in die Tüten, small, medium und XXL. Sie mochte das Kino. Sie arbeitete gerne alleine.

Es waren immer dieselben, die zu den Nachmittagsvorstellungen kamen. Eine Querbeet-Mischung aus der Nachbarschaft. Alteingesessene Bewohner, die sich nicht vertreiben ließen aus ihren maroden Altbauten, neue, junge, zugezogene Westler, Studenten,

Ostberliner Hausbesetzer, Künstler. Schräge und Bodenständige, junge und alte. Und sie alle verband ihre Nachbarschaft. Und wenn es draußen auf den Bänken zu kalt wurde, blieben eben nur noch die Kneipe und das Kino am Platz.

Kiki kannte ihre Namen nicht, wusste nicht, was sie den ganzen Tag über machten, aber dennoch war ihr alles an ihnen vertraut. Heimlich gab sie ihnen Spitznamen. *I-am-the-Tiger* hatte Muskeln wie Luftballons, er knurrte immer nur zwischen den Zähnen und legte das abgezählte Geld für die Kinokarte und ein Ed-von-Schleck auf den Tresen. *Puschen-Moni* kam tatsächlich immer in Hausschuhen, bei Wind und Wetter, sie wohnte gegenüber und war in ihren jüngeren Jahren Schauspielerin am Theater gewesen. Manchmal brachte sie Kuchen mit. Und dann natürlich noch *Wofür-steht-Maike?*, die Filmstudentin. Sie forschte über DEFA-Filme, und einmal im Monat, wenn samstags DDR-Filme gezeigt wurden, kam sie mit Notizblock und schrieb mit. Später, nach dem Film, interviewte sie im Foyer die Zuschauer für ihre Magisterarbeit. Ihre Fragen begannen meistens mit: Wofür steht Ihrer Meinung nach ...?

Das Kino hatte Kiki endlich Halt gegeben. Von hier aus konnte es weitergehen. Die Zeit davor kam ihr im Nachhinein unwirklich vor. Sie hatte so viele Jahre verloren. Sie waren einfach so vorübergezogen, ohne dass sie es gemerkt hatte.

Als sie nach Berlin kam, zog sie zu einem Freund in ein besetztes Haus. Sie fühlten sich frei und feierten Tag und Nacht. Aber Kiki wusste, dass es nicht von Dauer sein könnte. Das No-future-Ding kam für sie nicht infrage. Sie musste weiter. Die Punks waren fast alle aus dem Westen und hatten immer noch ihre Eltern, zu denen sie jederzeit zurückkonnten. Aber bei ihr war das anders. Erika und Hermann konnten ihr nicht helfen. Für Kiki gab es kein Zurück.

Sie zog aus. Die Jahre, die dann folgten, waren ein dunkles, einsames Loch. Sie lebte in einem winzigen Zimmer in einer WG.

Eigentlich war ihr Zimmer bloß der hintere abgetrennte Teil vom Flur. Ohne Fenster. Miete: siebzig Mark. Sie arbeitete im Callcenter einer großen Zeitung. Jeden Tag das Gleiche: Meine Zeitung ist heute nicht gekommen, Kündigen, Probeabo, neue Adresse.

Die Angst lebte mit. Die ganze Zeit. Aber der Angst verdankte Kiki auch ihr Leben. Immer wieder hatten sie und ihre Freunde in Königswerder Überfälle erlebt, und Kiki hatte gelernt, auf die Angst zu hören.

Oft war es knapp gewesen. Die Haustür, die hinter ihr in das sichere Schloss fiel. Der Zug, der abfuhr, bevor sie durch die Unterführung den Bahnsteig erreichten. Das Auto, das sie mitnahm, in letzter Sekunde mitnahm.

Daraus ergab sich Stück für Stück eine Schicksalsergebenheit. Sie konnte es nicht beeinflussen, war machtlos gegenüber den Wendungen und Ereignissen in ihrem Leben. Wie viele Jahre so vergangen waren, bekam sie nicht mit. Sie war überrascht, dass sie überhaupt von der Stelle kam und dass sich dann ganz ohne ihr Zutun doch noch was bewegte. Sie lernte ihre Kollegen im Callcenter kennen, die meisten von ihnen waren Studenten. Und sie nahmen Kiki mit in die Clubs. Die Musik und das Tanzen ließen sie wieder Luft holen – und sie begann sich auf ihr neues Leben vorzubereiten. Sie wusste nur noch nicht genau, wie das aussehen sollte. Sie schaute sich von außen zu, staunend, die Angst immer im Blick. Sie hatte inzwischen beides perfektioniert: das Aufbrechen, Hals über Kopf – und das Durchhalten, mit zusammengebissenen Zähnen. Sie konnte den Schalter jederzeit umlegen. Das gab ihr ein Gefühl von Sicherheit. Ihre ganz eigene Sicherheit.

Erika, Hermann, Joppe, Billa und Martina hatten früher für ihre Sicherheit gesorgt. Als sie noch klein war, war Hermann ihr emotionaler Verbündeter gewesen. Da war die Angst vor der Dunkelheit, vor dem Alleinsein und vor dem Ausgelachtwerden. Erika konnte das nicht verstehen. Erika ging mit ihr schwimmen, brachte ihr das Praktischsein bei – aber wenn es um Ängste ging, dann konnte Erika nicht mithalten, konnte es nicht aushalten, musste los. Genauso, wenn es um Übermut ging. Darin war Billa die Größte. Martina war für die schnellen Lösungen von Problemen gut – vor allem was schulische Dinge betraf.

Aber von allen war es Joppe, den sie am meisten vermisste. Sie wollte Joppe alles erzählen, einfach alles, was sie erlebte. Von der neuen Wohnung, von Fränkie, von Paulas Welt und von ihren Fotos. Und von der Angst, die immer alles andere kleinmachen wollte. Sie wollte wissen, was Joppe davon hielt. Sie wollte seine gebrummte Meinung dazu hören. Und sein »Quatsch nich', Krause«, wenn sie sich heillos verrannte. Und weil Joppe gar nichts mehr sagte, malte sich Kiki manchmal sogar aus, was seine Worte sein könnten. »Mensch, Kiki. Du bist doch keine Ausnahme. Alle müssen kämpfen. Niemand bekommt was geschenkt im Leben«, brummte sie zwischen den Zähnen hervor. Aber wirklich weiter kam sie damit nicht.

Wenn Kiki die Spulen angeschaltet hatte, setzte sie sich hinten in den Kinoraum. Sie guckte die Filme immer wieder, manchmal bis zu zehnmal. Aber das machte ihr nichts aus. Sie entdeckte mit jedem Mal etwas Neues. Sie kam den Figuren näher. Sie tauchte ein in ihren Kampf, ihre Sehnsucht, ihren Schmerz. Und sie hatte eins dabei gelernt: Es gibt keine Sicherheit. Man kann noch so gut vorbereitet sein: Jeder wird irgendwann herausgefordert. Und zwar dann, wenn er es am wenigsten erwartet. »Ganz richtig, Kikerlinka«, brummte Joppe zustimmend in ihrem Kopf. Aber noch viel mehr gefielen Kiki die Details. Sie schaute die Filme nicht als Fluss, sondern sie betrachtete die einzelnen Bilder, die Farben, die Kompositionen aus Hintergründen und Vordergründen, die Momente. In ihnen fühlte sie sich sicher. Mit ihnen kannte sie sich aus. Sie wusste genau, was gut zusammenpasste und was nicht.

Sie brachte ein Stativ mit und machte Fotos von ihren Lieblingsmomenten. Chris war begeistert, als er die Bilder sah. Aber Fränkie, der sie auch eingehend betrachtete, als sie in langen Reihen auf dem Boden ihrer Wohnung lagen, schüttelte den Kopf. »Mach doch Bilder vom echten Leben, das gibt mehr her.« Kiki wehrte sich zuerst dagegen, aber als Fränkie nicht lockerließ, versprach sie, Fotos von ihm und allen aus dem Haus zu machen. »Wir sind die Kunst«, sagte er und klappte seine brennende Zigarette wie zum Beweis in den Mund und wieder nach draußen. Er lachte wiehernd und selbstgefällig. Er brauchte kein Publikum, er war sich mal wieder selbst genug. Kiki musste irgendwie mitlachen. Warum nicht, dachte sie. Fränkie war schon wieder aus dem Zimmer. »Komm mit mir, ich bin bereit – und wir tanzen lachend in die Dunkelheit.« Er sang wie immer im Treppenhaus, laut und gut gelaunt. Das Lied »Komm tanzen« von den Skeptikern war sein ganz persönlicher Stimmungsmacher – und dröhnte daher fast täglich vom Hof in alle Wohnungen. Kiki hatte sich dran gewöhnt. Sie musste zugeben: Sie fühlte sich in gewisser Weise von Fränkie beschützt.

Damals in Wolzow hatte Jens Kiki immer wieder aufgelauert und sie angefleht, ihm noch eine Chance zu geben. Und dann, seit der Nacht an der Bushaltestelle, war ihr klar, dass Jens sie nie in Ruhe lassen würde. Und dass er gefährlich war. Jegliche Grenzen hatte er schon längst weggetrunken. Gesetze galten für ihn schon lange nicht mehr. Wenn ihn was störte, schlug er drauflos. Er hatte sich seine Angst einfach abtrainiert, war vollkommen skrupellos geworden. Und damit kam er durch, dafür wurde er gefürchtet.

Ihren Eltern hatte Kiki später nach dem Überfall im Krankenhaus erzählt, dass sie mit ihrem Freund einen Mofa-Unfall gehabt hatte. Bis heute wussten Erika und Hermann nicht, was wirklich passiert ist. Vielleicht wollte sie ihnen beweisen, wie gut sie alleine zurechtkam. Vielleicht wollte sie auch Hermann schonen.

Wenn Hermann Kiki vom Kindergarten abholte, dann war Hermann ganz für sie da. Das Glück hatten nicht alle Kinder, dass eines der beiden Elternteile nicht im Schichtbetrieb arbeiten musste. Sie hörten zusammen seine Platten. Den Schwanenkönig konnte Kiki nicht oft genug hören. Dort heißt es, dass wenn ein Schwan singt, die Tiere schweigen. Immer wieder und wieder. Dieses unendlich schaurig-schöne Lied von dem Schwan, der weiß, dass er stirbt und mit seinem Gesang an seinem letzten Tag alle Tiere zum Schweigen bringt. Angesichts dieser Botschaft, dass alles irgendwann zu Ende geht, schweigen sie, andächtig, ehrfürchtig. Und ganz ohne Groll. Das hatte Kiki am besten gefallen. Aber als Kiki älter wurde, merkte sie, wie schwach Hermann war. Oder war er mit der Zeit schwächer geworden? Seine Traurigkeit machte sie wütend. Sie konnte nicht die Verantwortung dafür tragen. Sie musste alleine weitermachen. Das war die Zeit, als Joppe zu ihrem Vertrauten wurde.

Erika war ihr immer wie eine Fremde vorgekommen. Kiki kam es so vor, als ob Erika immer nur abarbeitete. Ihre Ordnung zu erhalten war ihr größtes Ziel. Sie stand sich selbst so im Weg, dass es Kiki wehtat, es mit ansehen zu müssen.

Erika hatte ihr beigebracht, die Ängste nicht zuzulassen. Aber langsam ahnte Kiki, dass das für sie nicht funktionierte. Die Ängste waren schließlich nicht weg. Sie lauerten irgendwo.

»Wir können doch mal einen Ausflug mit deinen Eltern machen«, hatte Chris einmal vorgeschlagen.

»Wohin denn?«, fragte Kiki zurück. »An einen See?« Und nach einer Pause fügte sie hinzu: »Meine Eltern leben auf einer Scholle. Die gehen da nicht weg. Sie wollen nicht. Die waren ein einziges Mal in Berlin nach der Wende. Hat ihnen gereicht. Berlin und der Westen waren damit abgehakt.« Kiki konnte sich ihre Eltern nur in Wolzow vorstellen. Ihre Eltern, der See, das Dorf, die Schleusen-Siedlung. Punkt.

»Oder vielleicht brauchen die mal etwas, das es in Wolzow nicht gibt?«, fragte Chris. Kiki war wirklich gerührt, wie sehr sich Chris bemühte. Und ihr fiel die Waschmaschine ein. Sie könnte es ja mal vorschlagen, nahm sie sich vor. Aber sie wusste jetzt schon, dass Erika ablehnen würde. Aus Prinzip. »Das sitzt ganz tief bei denen«, versuchte sie Chris zu erklären und nahm seine Hand. »Es ist eine Art Ur-Misstrauen. Eine brandenburgische Spezialität. Die kriegste nicht so schnell geknackt.«

Sie schlenkerte mit dem Arm, sodass Chris' Arm mitschlenkerte: »Aber wenn du es geschafft hast, dann gibt's kein Zurück mehr. Dann gehörst du ihnen mit Haut und Haaren.«

Kiki öffnete die Kinotür von innen und ließ die bekannten Gesichter eintreten. Es waren einige Kinder aus der Nachbarschaft darunter für die Kindervorstellung und ihre Freunde vom Platz für den anderen Film. Es war ein kalter Samstag, das Foyer duftete nach Popcorn und Kaffee – sie war stolz auf sich, diesen Nachmittag perfekt gemacht zu haben für alle, die sich jetzt voller Erwartung in das kleine Foyer drängten.

4. Das Haus der Meineckes

Die Meineckes hatten sich mit Freunden angekündigt. Mit der Zahnbürste schrubbte Erika immer um die großen cremefarbenen Fliesen herum. Die Fugen auf dem Boden waren längst sauber. Aber es tat gut. Ein Gefühl der Ruhe durchströmte sie. Sie atmete tief ein, bis in den Bauch. Sie stellte sich vor, sie würde in den See steigen und losschwimmen, das Ufer hinter sich lassen. Über ihr nur noch der Himmel, eine Weite, in die sie sich hineinfallen lassen konnte. Die Meineckes waren Künstler, noch jung, so um die dreißig vielleicht. Ihr Haus war das schönste Haus am See. Es hatte seinen Großeltern gehört, eine Seevilla aus den Zwanzigerjahren. Auch der Großvater war Künstler gewesen. Einer, der es zu was gebracht hatte, dachte Erika.

Sie waren sich sympathisch. Und obwohl das Haus manchmal in einem ziemlich desolaten Zustand war, wenn sie abgereist waren, mochte Erika die beiden. Die Handtücher lagen oft nach dem Baden verstreut im Garten herum, das Geschirr war meistens so nachlässig gespült, dass noch Essensreste daran klebten, sodass Erika noch mal alles aus dem Schrank ausräumen und abspülen musste. Aber darüber verlor Erika kein Wort.

Eigentlich war ja erst wirklich was zu tun, wenn die Meinekes wieder abreisten. Aber Erika hatte die Heizung hochgedreht und alle Betten bezogen und die Küche noch mal geputzt, und dann konnte sie auch noch schnell einmal durchs Bad gehen.

Als Erika die Klobrille anhob und die Schüssel mit einer kleinen Bürste säuberte, immer in kreisenden Bewegungen, fiel ihr wieder ein, was sie alle damals, allen voran aber Joppe, so oft durchgespielt hatten: weitermachen, die Fermentierung vorantreiben und dann irgendwann die Phagen zum Einsatz bringen. Sie schrubbte weiter. Wie sähe ihr Leben dann heute aus? Was wäre anders?

Als sie hinter das Haus kam, sah sie es: Der Waschbär war da gewesen. Die Mülltonne lag auf der Seite, und der Inhalt war über die ganze Wiese verteilt, bis in den Wald hinein. Vor Erikas Füßen lag eine Frischkäse-Packung. Sie sah ihn vor sich, wie er mit seinen kleinen Händchen die Packung hielt und die Reste des köstlichen weißen Zeugs ausschleckte, bis in die hinterste Ecke. Ein Gaumenschmaus. Sie wusste, dass sie in der hohlen Eiche lebten. Erika holte den Rechen und kehrte den Müll zusammen. Waschbären waren schlaue Tiere. Die Vorfahren der Brandenburger Waschbären lebten in den Zwanzigerjahren alle auf einer Pelzfarm. Im Krieg konnten die Tiere fliehen und hatten inzwischen beinahe ganz Brandenburg besiedelt. Sie waren die Vorbild-Überlebenskünstler.

Erika setzte sich auf die Steinmauer der Veranda. Sie wählte Heikes Nummer. »Heike – Ich bin's. Der Rückruf.« Sie würde ihr nicht von der Grube erzählen. Es interessierte Heike nicht, da war sich Erika sicher.

»Hallo, Erika! Wir sind wieder gesund. Der blöde Herbst ... Ich bewerb mich an einer Grafikschule. Wenn alles klappt, kann ich dann in zwei oder drei Jahren den Abschluss machen.« Sie zögerte, dann sprach sie weiter: »Die neue Wohnung ist toll, viel mehr Platz. Und eine neue Telefonnummer hab ich auch. Hast du eigentlich mal irgendwem meine alte Nummer gegeben?« Erika wusste nicht gleich, was Heike meinte. »Deine Nummer? Das Festnetz? Nein, die hab ich an niemanden weitergegeben. Warum?«

»Ist schon gut, nicht so wichtig ...« Erika merkte ihr an, dass sie gar nicht so viel hatte sagen wollen. Sie ließ sie nicht teilnehmen.

Sie waren die Vergangenheit. Deshalb lenkte Heike jetzt auch schnell um: »Wie geht es euch?« Auf dem Nachbargrundstück knackte es.

»Alles wie immer«, sagte Erika und suchte mit den Augen die Büsche ab. Dort standen die alten Bungalows, sie waren zwischen den vielen jungen Bäumen kaum auszumachen. Es war wieder still. »Stell dir vor, Joppe hat wieder gesprochen.« Sie hatte das eigentlich gar nicht erwähnen wollen, sie wusste, wie wichtig Joppe für Heike war. Dass er sich von allem zurückgezogen hatte, war für Heike schwer gewesen. Aber darüber sprachen sie nicht. Das passte nicht in ihre unausgesprochene Vereinbarung: Keine Sentimentalitäten. Und Erika musste zugeben, alles andere hätte sie auch überfordert. Die Dinge lassen sich nicht besser oder einfacher lösen, wenn man sie zerredete. Da war sie sich sicher.

Plötzlich tauchte ein Mann am Zaun auf, dunkelgrüner Parka, rote Mütze, er stolperte, blickte in den Garten und hielt inne, als er Erika auf der Veranda entdeckte.

»Wirklich?« Heikes Tonfall war sofort kühler geworden. Der Mann winkte etwas verlegen in Richtung Terrasse.

»Ich muss los, Paula von der Kita abholen. Wir hörn uns!«

»Ja, is gut. Grüße von Hermann!« Immer wieder versuchte sie Hermann zu überreden, mit Heike zu telefonieren. Aber Hermann wollte nicht. Er war gekränkt.

Der Mann winkte ihr noch immer. Er hielt eine Kamera hoch. »Ich mache nur Fotos«, rief er rüber. Erika wurde mit einem Mal klar, dass das der neue Freund von Frau Cramer sein musste. Der Künstler. Sie hob die Hand und winkte unschlüssig zurück. Was wollte der? Sollte sie etwas sagen? Ihr fiel nichts Passendes ein. Es gab nichts zu sagen. Frau Cramer hatte ihr Bilder gezeigt, die er in der Umgebung gemacht hatte, von Ruinen, Baracken und zerfallenen Bungalows. Inmitten des Verfalls blinkte immer ein Detail aus der Vergangenheit hervor, das den Verfall überdauert hatte. Es hatte Erika gefallen. Knallrote Eierbecher auf einem Tisch in einer

Ruine. Die Dinge fand er immer vor Ort, hatte Frau Cramer nicht ohne Stolz betont. Sie hatte eine große Ausstellung im Kurhaus organisieren wollen. Aber die fanden die Fotografien nicht so aussagekräftig. Der Mann rief noch irgendwas, es klang wie ein »Na dann, ich werd mal wieder ...«. Er hatte es eilig weiterzukommen. Erika blickte ihm nach.

5. Autobahn A 10, Berliner Ring

»Hallo! Hörst du mich?«

»Ja, Wo bist du? Auf der Autobahn?«

»Ja, wie immer, geschmeidig an der Planke entlang.«

Lachen.

»Dann pass mal auf, ich hab was rausgefunden.« Sascha Behrends beschleunigte, hundertvierzig, hundertsechzig. Er liebte diesen Streckenabschnitt des Stadtrings, der gerade fertiggestellt worden war. Der helle Asphalt ließ ihn fast fliegen, es war kaum ein anderes Auto zu sehen, er hatte freie Bahn.

»Ich sag nur so viel: Die Halle steht schon.«

»Die Halle steht schon? Was soll das heißen? Moment!« Behrends klemmte sich das Handy an die Schulter und holte seine Zigaretten raus. Er drückte den Anzünder rein.

»Du kennst sie auch, jeder kennt sie.«

»Hör auf, du weißt, dass ich das hasse. Deine Rätselspielchen kannst du dir sonst wohin stecken.« Sascha Behrends zündete sich die Zigarette an und paffte ein-, zweimal.

»Es ist das größte Ding weit und breit, Sascha. Dass wir da nicht gleich draufgekommen sind! Die größte freitragende Halle der Welt, hier in Brandenburg – na, klingelt's?«

»Mensch, Michi, du bist mein Steuerberater, und darin bist du gut – aber das muss aufhören. Spuck aus, was Sache ist!« Er merkte, dass seine Stimme, wie immer, wenn er sich ärgerte, wieder schrill zu werden drohte. Dabei hatte er seine hohe Stimme mittlerweile gut unter Kontrolle. Inzwischen horchte kaum noch jemand auf, wenn er zu sprechen begann. Das war früher anders gewesen. Diese Blicke, wenn er mit seiner piepsigen Stimme zu reden anfing, die hatte er nicht vergessen.

»Ja, sei nicht gleich beleidigt, sondern stell die Lauscherchen auf: der Ort, den ich gefunden habe, der ist perfekt dafür. Und meine Informationen dazu: Gold wert!« Er lachte. Er hatte ein tiefes, gewinnendes Lachen. Man musste ihn einfach sympathisch finden, wenn er lachte – auch wenn seine Witze meistens auf Kosten anderer gingen. Und jetzt lachte er besonders laut und ausgiebig.

»Michi!«, stieß Behrends mit sich überschlagender Stimme aus.

»Also gut.« Michael wurde wieder ernst. »Weil du es bist: Stichwort Luftschiffe.«

Sascha wusste immer noch nicht, was Michael meinte. Aber er wusste sehr wohl, worauf er hinauswollte. Er war gereizt. Er hatte Michael von seiner Geschäftsidee erzählt. Was war das gewesen? Behrends gab sich die Antwort selbst: Ein riesengroßer Fehler. Denn seitdem tat Michael alles, um sich unentbehrlich zu machen. Er würde ihn beraten, unterstützen, sagte er, er kenne die Tricks, er kenne sie alle. Aber im Grunde hatte er nichts beizutragen. Also nichts, was ihn zum Geschäftspartner machen könnte. Behrends hatte das Seegrundstück. Und jetzt auch schon den Verkauf so gut wie in der Tasche. Herr Kielow hatte bereits zugestimmt. Ohne sich das Grundstück angesehen zu haben! Andere Liga, dachte Behrends. Die Verträge würde er ihm diese Woche noch zuschicken. Und dann steht der Halle nichts mehr im Weg. Aber natürlich hatte Michael recht. Er brauchte noch einen Standort. Und Michael war einer der wenigen, denen er von der Idee erzählt hatte und der ihn nicht ausgelacht hatte. Er musste zugeben, dass er viel zu vielen davon erzählt hatte. Immer, wenn er getrunken hatte, konnte er nicht anders, dann begann er zu träumen.

Er war sich sicher: Die Idee war genial. Es würde groß werden, ganz groß. Die Spaß- und Freizeitangebote im Berliner Speckgürtel waren die Zukunft. Golfplätze gab es schließlich etliche rund um die Stadt. Allerdings: Golfplätze waren nicht modern, sie boten zwar einen Touch amerikanischen Lebensgefühls, das stimmte, aber wirklich angesagt waren sie nicht und würden sie auch nicht werden. Er, Sascha Behrends, dachte größer. Das war schließlich sein Talent. Er würde eine Touristenattraktion bauen, aber exklusiv, *very exclusive* sozusagen. Der Snow Palace würde die Menschen aus der ganzen Welt anlocken, die dann, ganz nebenbei, auch Berlin besichtigen würden. Die Menschen würden davon sprechen, so wie Kinder sich erzählten, sie waren in den Ferien in Disneyland – und in Paris. Was ihm vorschwebte, war vielleicht tatsächlich eine Art Disneyland, aber für Erwachsene. Eine Skihalle mit der längsten Indoor-Skipiste Europas. Aber der Snow Palace würde mehr sein als ein überfüllter Schneehang. Jedes Jahr im Winter, im Januar, würde der Snow Palace eine einzige Partyzone werden. Oktoberfest im Oktober, Karneval im Februar und »Die Apres-Nächte« im Snow Palace im Januar. Der trostlose Januar wäre endlich passé! Das neue Davos, gleich hinter der Stadtgrenze. Immer schneesicher, keine Naturschützer oder andere Spielverderber, man durfte und sollte die Sau rauslassen. Das war es, was die Menschen wollten. Und unter sich bleiben. Es würde also nicht für jedermann sein, nicht für jeden erschwinglich, das war wichtig. Man sieht sich …

Der Snow Palace würde jetzt sein Ding werden, sein großes Ding, verbesserte er sich in Gedanken selbst, ganz, ganz großes Ding. Wenn es gut anlief, könnte er sich auch vorstellen, weitere Skihallen an den Rändern anderer Städte zu errichten. Eine Kette, er geriet ein wenig ins Schwärmen: Palace Eins, Palace Zwei …

»Also, was ich rausgefunden habe, ist, die Luftschiffe, du weißt schon, Cargolifter in Brand, der alte Flugplatz, die große Halle bei den Hangern« – Pause –, »sie sind am Arsch.« Pause. »Machen pleite! Geben auf! Finito Luftschiff-Großtransporte! Haben keine Investoren gefunden. Spätestens im Frühjahr. Und dann steht die Halle leer. Und da sie die größte der Welt ist, dachte ich, das könnte dich interessieren. Also ich sag mal so: Wenn Skihalle, dann in Brand.«

»Die riesige Kuppel, die man von der Autobahn aus sehen kann?«

»Ja-ha. So langsam fällt der Groschen, oder? Mensch, Sascha, das ist so, als ob die Halle nur dafür gebaut worden wäre, verstehst du? Eine Werfthalle, hundertsieben Meter hoch, dreihundertsechzig Meter lang. Und jetzt schon bald: die größte verlassene Werfthalle der Welt, direkt an der A 13.« Sascha verstand sehr wohl. Und Michael hatte recht. Wenn das stimmte, dann musste er alles daransetzen, die Halle zu bekommen.

»Alles klar, ich werd mir das gute Stück mal ansehen. Nett, dass du an mich gedacht hast.« Er ließ Michael nicht zu Wort kommen. »Noch was anderes: Die Verträge an Herrn Kielow – schickst du die nächste Woche raus? Ich will Tinte auf dem Papier sehen – und jetzt muss ich Schluss machen, bin gleich da, wir hörn uns, und benimm dich!«

Sascha Behrends schmiss das Handy auf den Beifahrersitz und fuhr von der Autobahn runter. Er hatte Hunger. Drive-in – das war mit Abstand die beste Erfindung des Westens, so viel stand fest.

6. Der Weltfrieden

Jetzt herrschte der Ostwind über den See. Und niemand stellte sich ihm freiwillig in den Weg. Die Berliner schon gar nicht. Für Erika war das die schönste Zeit im Jahr. Sie sog die klare und pure Luft ein und mit ihr die ganze große Stille über dem See. Sie war die Einzige, die auch jetzt noch ins Wasser ging. Sie wollte die Kälte am ganzen Körper spüren, sie liebte die Nadelstiche auf der Haut, das Tosen im Körper.

Sie saßen im alten Speisesaal. Mittlerweile fühlte es sich schon beinahe normal an. Zuerst hatten Erika und Hermann immer öfter ihre Mittagspausen im Garten vom Weltfrieden verbracht. Sie saßen an der Kante und aßen ihre Stullen und tranken den Tee. Den Barkas hatten sie vorsorglich immer etwas weiter weg geparkt. Dann hatte Erika einmal den Tee zu Hause vergessen und in der Küche vom Weltfrieden Wasser aufgesetzt. Wasser und Gas liefen noch. Joppe war immer häufiger mit dem Ruderboot vorbeigekommen und hatte sich dazugesetzt. Dann wurde es kälter und ungemütlicher. Und Hermann hatte irgendwie die Heizung im Haus wieder anbekommen.

»Wir können uns doch nicht einfach so hier ins Haus setzen.« Erika hatte Bedenken. Hermann zuckte die Schultern. »Wen kümmert's?«

»Aber die Stromrechnung? Behrends wird es rausfinden.« Erika war sich nicht sicher, ob die Idee so gut war.

»Das sind uralte Verträge. Vielleicht nicht mal erneuert nach der Wende. Laufen einfach weiter, wurden vergessen, ist in vielen leeren Ferienhäusern so.«

»Nennen wir es einfach: die Rache der Abgehängten!« Joppe nickte zufrieden. »Wir könnten den Weltfrieden auch richtig besetzen und hier einziehen.«

Erika war sich sicher, dass er das nur sagte, um sie zu ärgern. Früher wäre er zu so etwas fähig gewesen. Als ob er ihre Gedanken lesen könnte, sagte er: »Alt zu sein, hat auch Vorteile, Erika. Uns traut niemand mehr so etwas zu.«

Das stimmte. Es war schließlich auch nicht weiter aufgefallen, dass sie sich in den Ferienhäusern frei bewegten und ihre Wäsche dort wuschen. Einmal hatte sie auch die Sauna vom Architekten benutzt. Sie war noch an gewesen. Und Erika musste zugeben, dass der Kita-Speisesaal mit dem Blick aus den großen Fenstern ihr sehr gefiel. Und es gab genügend Platz für sie alle. Hermann hatte in einem der Räume eine kleine Werkstatt eingerichtet, und schließlich hatte Erika einige Vorräte in die Küchenschränke geräumt und kleinere Töpfe besorgt. Die Töpfe vom Weltfrieden waren wegen ihrer Größe unbrauchbar. Manchmal kochten sie mittags eine Suppe, oder sie wärmten sich etwas auf. Die Bedenken waren immer noch da, aber sie waren etwas beiseitegeschoben worden. Es drohte keine Gefahr zu dieser Jahreszeit. Der König war vor ein paar Wochen in seine Stadtwohnung gezogen und würde erst im April wieder zurückkommen. Von der Straße aus war das Grundstück nach wie vor vollkommen uneinsehbar.

Erika liebte den Platz am Fenster, man konnte zwischen den Bäumen hindurch die ganze Länge des Sees überblicken. Das ergab eine unglaubliche Tiefe, wie auf einem alten Gemälde.

Es klopfte an der Terrassentür. Martina kam herein und rieb sich die Hände. »Ich glaub, meine Finger sind irgendwo da draußen abgefallen«, sagte sie. Sie blickte sich um: »Wusste ich doch, dass ich euch hier finde. Ich hab Kuchen gebacken. Mandarine.«

Durch das Fenster schien eine tiefstehende orangerote Wintersonne. Der See war von einer hauchdünnen spiegelglatten Eisschicht überzogen, er verharrte zwischen seinen beiden Aggregatzuständen flüssig und fest, ein Schwebezustand, der eigentlich gar nicht möglich war, so als ob der See die Luft anhielte.

Els war gekommen und hatte ihren Puffer-Wohnwagen direkt vor dem Gartentor geparkt. Erika war das nicht so recht, sie machte sich Sorgen, dass jemand ihre Treffen im Weltfrieden mitbekommen könnte – aber Els winkte ab: »Pufferlieferung frei Haus.«

Jetzt saßen Joppe und Els nebeneinander auf der Fensterbank, und Erika sah, wie sich ihre Hände hin und wieder wie zufällig berührten. Sie stand auf, um in der Küche einen Tee aufzusetzen, während Hermann den Tisch umdrehte. Er fluchte. Dann verschwand er nach draußen, um etwas Geeignetes zu suchen, womit er die Tischbeine des Kindertischs aufbocken könnte.

Els blickte sich um und sagte versonnen: »Es wird langsam Zeit. Zeit für die Wahrheit. Ich möchte zu gerne wissen, was hier eigentlich genau passiert ist. Damals, als der Behrends mit seinen Handlangern hier eingezogen ist. Es ging alles zu schnell. Ich wette, es sind einige Tausender durch den Kindergarten geflossen. Vorne rein und hinten aber nicht wieder raus.«

Joppe brummte abwehrend.

»Doch, doch, das finde ich aber schon«, fuhr Els fort. »Wer über Leichen geht, muss auch damit rechnen, dass sie einen eines Tages am Knöchel packen. Bald zehn Jahre Schonfrist – das ist genug.« Niemand sprach ein Wort. Es war still im Speisesaal. Els stand da im Gegenlicht, breitbeinig, die Fäuste in die Hüften gestemmt und sah aus wie die leibhaftige Arbeiterfrau von den Frauentag-Plakaten. Sie war zum Leben erwacht, hatte das Kopftuch gegen ein Käppi eingetauscht und würde reinen Tisch machen. Sie kannte kein Pardon.

»Jetzt passt's!«, rief Hermann erfreut. Er hatte die richtigen Balken gefunden, um den Tisch zu erhöhen.

»Wusstest du«, sagte Els zu Joppe, nachdem sie sich wieder hingesetzt hatte, »dass die Menschen in Japan Kormorane zum Fischfang abrichten? Die Vögel werden mit Ringen am Hals daran gehindert, die Fische zu schlucken. Sie räubern nicht mehr dem Menschen weg, sondern für den Menschen – Spieß einfach umgedreht!« Sie blickte ihn herausfordernd an. Joppe brummte bloß.

»Das stand so in der Zeitung. Wär doch eigentlich auch eine gute Idee für unseren See – gute Touristenattraktion. Und Touristen bringen Jobs«, überlegte Els laut.

»Ja«, erwiderte Joppe, »aber das zeigt auch wieder einmal, dass man die Jäger braucht. Es geht eben nicht ohne sie. Wer immer nur die alte Ordnung bewahrt, schafft keine Bewegung. Stillstand ist tödlich. Das haben wir schließlich auch alles schon erlebt. Wir brauchen die, die das Risiko aufnehmen und neue Wege gehen. Und das sag ich als der Leidtragender – schließlich nehmen sie mir die Barsche weg!«

»Sag ich doch! Die Lösung ist also: die Abrichtung der Jagenden zur Umverteilung der Beute!« Els blickte zu Joppe rüber. Sie nahm die Herausforderung an. »Das wär doch mal eine neue Stoßrichtung. Nicht immer bloß schwarz und weiß. Alles, was man bräuchte, sind reißfeste Leinen und Ringe für die Hälse.«

»Aber eins fehlt: Der Anreiz für die Jäger. Warum sollten sie jagen, wenn sie die Beute nicht einheimsen können? Und wer bestimmt über die Verteilung?«

Doch Els ließ sich nicht so leicht abfertigen, sie war in Fahrt: »Die Jäger sollen ruhig losziehen und ranholen, was sie kriegen können. Sie brauchen es ja nicht zum Überleben. Und am Ende macht jeder, was er am besten kann: Der eine jagt, und der andere verwaltet, verteilt – und alle haben genug.«

»Ach quatsch nich', Krause.«

Man konnte nicht deuten, ob das ein Quatsch-nich'-Krause der Ablehnung oder der Zustimmung war. Aber ein leichtes Schmunzeln um Joppes Mundwinkel verriet seine Zuneigung.

Er verließ den Raum. Els sah ihm nach. Sie seufzte. Erika ahnte, dass Joppe ähnlich fühlte wie Els, und sie hoffte insgeheim, dass Els nicht so schnell aufgeben würde. Sie bewunderte Els. Wie sie kämpfte! Erika war da anders. Sie glaubte nicht daran, die Welt verändern zu können.

Aber in Joppes dunklen Augen, da war wieder ein Strahlen, wie früher, und das hatte Els geschafft. Sie nickte Els zu, nur kurz, aber sie hoffte, dass es aufmunternd wirkte.

7. Fabrikruine, Berlin Mitte, Halle 2

Sie führten unter die Stadt, dorthin, wo sonst nichts mehr war. Mit jeder Stufe wurde das Vibrieren stärker. Man spürte die Bässe im Körper, noch bevor die Ohren sie wahrgenommen hatten. Auf halber Höhe kam ihr eine Gruppe entgegen, fröhliche, ausgelassene und hübsche Menschen. Kiki fühlte sich im selben Augenblick aufgehoben. Sie ließ sich anstecken von ihrer unvergleichlichen Unbeschwertheit. Das hatte sie verinnerlicht. Und das hatte sie gesucht heute Nacht. Sie wusste es ja, dass diese Nächte und Tage in der Welt unter der Stadt nicht wirklich waren. Sie waren ein Rausch, ein wunderbarer und unbeschreiblich süßer Rausch, angefüllt mit Liebe und Glück – aber sie war vorsichtig damit geworden. Es hatte eine Zeit gegeben, in der Kiki das Leben dazwischen nicht mehr ernst genommen hatte, sie hatte nur noch von Rausch zu Rausch gelebt. Aber manchmal, da brauchte sie es, brauchte das Tanzen, brauchte die Bässe, um sich zu spüren. Und um nicht alleine zu sein. Seit dem Umzug war sie nicht mehr hier gewesen. Was ein gutes Zeichen war. Aber mit dem Anruf war die Angst vor der Nacht wiedergekommen, es war nicht einfach so vorbei.

Unten nahmen die Bässe sie in Empfang, sie gab ihre Gedanken an sie ab und schloss die Augen. Und tanzte. Neben ihr tanzten zwei Frauen, sie hatten Glitzer im Gesicht und orangene Perücken auf dem Kopf. Sie gaben sich hin, der Musik, dem Rausch. Es war schön, ihnen zuzusehen. Umwerfende Paradiesvögel, dachte Kiki. Sie wurde von ihnen in die Mitte genommen, und sie tanzten und tanzten. Die Musik pulsierte, wurde zu ihrem Herzschlag, und manchmal, für einen kurzen Augenblick nur, setzte das eigene Herz aus.

Eine Ewigkeit später öffnete sie die Augen wieder, sah die Lichter durch das Gewölbe schießen, von allen Seiten, sie wurde selbst zum blitzenden Licht. Elektromagnetische Strahlen verschiedener Wellenlängen.

Hier hatte sie Chris zum ersten Mal gesehen. Zuerst war er nur dieser andere Körper, der neben ihr tanzte, wie lange schon? Sie hatte zwischen Blitzlichtern und Nebel das Gesicht dazu gesucht und einen Schreck bekommen – so gut gefiel es ihr. Alles daran, nicht nur die dunklen Augen oder die Form des Mundes – sondern der ganze Ausdruck und die Hingabe an die Musik, die das Gesicht spiegelte. Ein Antlitz, dachte Kiki, ein neues Antlitz.

Die kalte Cola tat gut. Sie atmete die kühle Morgenluft ein. Hier neben ihr auf den breiten Holzstufen hinter der alten Fabrikhalle, hatte vor ein paar Jahren auch das neue Antlitz mit ihr gesessen. Viel mehr als die Treppe gab es nicht mehr in dem Haus. Das Dach fehlte. Ein großer alter gemauerter Schornstein überragte es. Das erste Licht des nächsten Tages forderte die bunten Glühbirnen über der Bar heraus. Doch diese nahmen nicht an. Sie wussten, sie würden auf verlorenem Posten kämpfen. Kiki und das neue Antlitz hatten es wie sie und alle anderen hier im Hinterhof gemacht, sie hatten die heller werdende Wirklichkeit ignoriert und diesen Moment ohne Zeit und Raum noch etwas hinausgezögert. Sie waren die einzigen Menschen auf den hölzernen Terrassen, auf dem Fabrikgelände, im Universum.

Kiki erinnerte sich daran, dass sie ein Paar beobachteten, das an der Bar lehnte. Die beiden waren ungefähr so alt wie ihre Eltern. »Stell dir vor, du triffst deine Eltern im Club!«

»Haha, genau: Hallo – ach so, wo wir uns gerade sehen – denkst du bitte noch dran, dein Zimmer aufzuräumen!«

»Das habe ich mir eigentlich immer gewünscht«, hatte das immer noch namenslose Antlitz hinzugefügt.

»Was, dass deine Eltern in Techno-Clubs gehen?«

»Nein, aber dass sie einfach mal ein eigenes Leben gelebt hätten. Alles in ihrem Leben hat sich immer um mich gedreht. Sie haben alles andere aufgegeben – und dann irgendwie nichts Neues mehr gefunden. Wenn sie doch wenigstens in Clubs gegangen wären!« Er blickte so verzweifelt, dass Kiki lachen musste.

»Aber wenn deine Eltern nie da sind, sondern nur für die Arbeit leben, und wenn man schon als Baby in die Tageskrippe geht – dann fehlt einem vielleicht doch auch irgendwas.« Der Gedanke war plötzlich einfach so aus ihr herausgekommen. »Dann muss man von Anfang an immer stark sein.« Kiki konnte zwar nachempfinden, was sie gesagt hatte, aber gleichzeitig fühlte sie es auch nicht. So als ob sie über ein anderes Mädchen gesprochen hätte. Die Gefühle von früher waren nicht mehr greifbar.

»Ich bin weg von dort. Gleich nach der Wende«, erzählte Kiki weiter, so wie es nur an diesem Ort möglich war zu reden, in diesem Moment: Es musste nirgendwohin führen, es musste nirgendwo mehr herkommen.

»Frag mich mal! In meinem Dorf wusste jeder alles über jeden. Das war die reinste Psychonummer.« Er zündete zwei Zigaretten an und reichte Kiki eine.

»Es wurde zu krass. Ich hab sogar einen neuen Namen. Nur im Pass steht noch der alte: Heike.« Kiki machte einfach auf und redete, wie sie sonst noch mit niemandem geredet hatte. »Meine Eltern wissen nicht, warum ich weg bin. Ich kann sie nicht auch noch damit belasten.« Sie dachte an Joppe. Als sie verstanden hatte, dass auch Joppe sie nicht beschützen konnte vor Jens' Hass und sie ihm nicht helfen konnte nach Billas Tod, war etwas in ihr zusammengebrochen. Sie hatte immer geglaubt, sie zusammen seien stärker als alle anderen.

Dann waren sie wieder auf der Tanzfläche. Sie wollten den Moment noch nicht aufgeben. Sie sahen keine andere Möglichkeit, ihn hinauszuzögern, als weiterzutanzen. Alle Gedanken entschwanden irgendwohin in die Mauern des alten Kellergewölbes. Kiki strich sich die Haare aus dem Gesicht und nahm die Zigarette, die er ihr hinhielt. Sie war überwältigt. Aber sie machte sich nichts vor. Der Rausch der Nacht würde verblassen und mit ihm das schöne Antlitz. Es war eine Traumgestalt. Aber die hatte ihr weitergeholfen, Erinnerungen zuzulassen, zu verstehen, dass jeder irgendwoher kommt. Aus einem Dorf in Bayern oder aus einem Dorf in Brandenburg.

Aber dann war es anders gekommen. Chris bedeutete ihr jetzt alles. Sie hatte eine Zeit lang gebraucht, um das zuzugeben – aber sie musste nur Paula angucken, um es zu verstehen. Sie sah aus wie Chris mit ihren großen dunklen Augen, der ernsten Miene, dem verschmitzten Grinsen. Es lag eine Leichtigkeit in diesem Antlitz und seinem Ebenbild, das sie froh werden ließ.

Kiki lief mitten auf der Straße. Sie war alleine. Die Stille war wie ein Versprechen. Beinahe so wie der See am Morgen, wenn Erika und sie schwimmen gingen. Das waren die Momente, in denen sie ihrer Mutter ganz nah sein durfte, so nah, dass sie oft dachte, es könnte nach dem Schwimmen so weitergehen. Aber das ließ Erika nicht zu. Das war kein böser Wille. Erika war einfach nicht dafür gemacht.

Irgendwo in ihrem Innern gaben die Bässe den Rhythmus immer noch weiter vor. Kiki zog ihre Ärmel aus der Jacke und machte einen Handstand. Sie ging ein paar Schritte auf den Händen. Zehn Jahre Turnverein waren nicht umsonst gewesen. Ein besoffener Typ grölte ein paar Straßen weiter. Die Ampeln blinkten im Ruhemodus. Die Sonne schoss grell durch eine Hauslücke. Die Nacht war nicht zu Ende, sie ging weiter. Und sie hielt noch immer an.

DEZEMBER 2001

I. Das See-Café

Der Streusel-Kirschkuchen war auf unerklärliche Weise vollkommen geschmacklos und so trocken, dass er kaum genügend Spucke hatte, um die Bissen herunterzuschlucken. Er schüttete Kaffee hinterher. Der Kaffee war wässrig. Das Ganze war wie ein schlechter Witz. Sascha Behrends hatte schlechte Laune. Der Ort machte ihm schlechte Laune. Er hatte noch schnell einen Kaffee trinken wollen nach der Autofahrt, um dann nach dem Grundstück zu sehen. Herr Gräber, der Nachbar, hatte ihm versichert, dass er jemanden gefunden hatte, der das Grundstück wieder vorzeigbar machen würde. Er strich sich mit zwei Fingern die langen Haarsträhnen nach hinten. Sie fielen ihm sofort wieder in die Stirn. Herr Kielow hatte es zwar eilig und wollte unterschreiben, was ihm nur recht sein konnte – aber wenn er sich sein neues Objekt ansehen würde, sollte es ein bisschen nach was aussehen. So viel musste schon drin sein.

Er sah sich um. Es war nichts los in dem Café mit dem lila-grauen Teppich und den genau gleich gemusterten Vorhängen. Die Sonnenbrille war vielleicht albern an einem nebligen Dezembertag, aber sie gab ihm ein besseres Gefühl. Er lehnte sich zurück. Jedes Mal, wenn jemand die Bäckerei im vorderen Teil des Ladens betrat und an die Kuchentheke trat, stieß ein gesichtsloser Gorilla auf der Glastheke einen verführerischen Pfiff aus. Es kamen erstaunlich viele Menschen an ihm vorbei, um sich Stücke von dem trockenen Blechkuchen einpacken zu lassen. Dabei fiel kaum ein Wort. Hin und wieder griff einer noch eine BILD vom Stapel neben dem Gorilla. Und dieser pfiff ihnen hinterher, wenn sie umdrehten und das Café wieder verließen. Es war eine schreckliche, sich endlos wiederholende Szene der Trostlosigkeit. Was mach ich hier?, fuhr es Behrends durch den Kopf, und er antwortete sich zähneknirschend: Ich sitze in einem leeren Café in der Einöde Brandenburgs mit einem geilen King Kong. Die Vorhölle.

Um sich abzulenken, spielte Behrends eine Runde Snake auf seinem Handy. Als er aufblickte, bemerkte er, dass es draußen bereits dunkel wurde. Das Mädchen, das servierte, war noch sehr jung. Ob die überhaupt schon volljährig war? Auf jeden Fall hatte sie seine Blicke erwidert. Trotz oder vielleicht wegen der Sonnenbrille. Jetzt war auch sie verschwunden.

Es half nichts. Er konnte nicht länger sitzen bleiben. Er legte Geld auf den Tisch, trat auf die Terrasse und zündete sich eine Zigarette an. Das Café lag erhöht, wie eine Insel in einem trüben Meer. Das Dasein der Verlierer spiegelte sich in jeder krummen Kiefer und in dem endlosen niederdrückenden grauen Himmel wider. Sein Telefon klingelte.

»Hallo?«

»Hi, Sascha, ich bin's.«

Behrends ließ den Blick über den See schweifen. Es gab nichts, woran er sich hätte festhalten können. »Ich hätte nicht herfahren sollen. Es ist eine reine Zeitverschwendung. Mal ehrlich – jeder, der ein bisschen was im Kopf hat, hat diese Einöde doch längst verlassen.«

»Dann sieh lieber zu, dass du schnell wieder die Kurve kriegst. Spätestens am Samstag zur Party solltest du dich wieder losgerissen haben.« Michael feierte am Wochenende seinen Geburtstag, in einer Cocktailbar, irgendwo am Ku'damm. »Also, pass auf. Ich wollte nur Bescheid sagen, dass der Kaufvertrag abgeschickt ist.

Herr Kielow kommt sich das Grundstück die Tage ansehen und will uns dann alles zurückschicken.«

»Dann geh ich jetzt mal Tschüss sagen. Ich hatte ja auch schöne Pläne gehabt hier für den See. Dass der Kindergarten Gold wert ist, das wusste ich damals sofort. Die Lage ganz am Ende der Straße, der Blick über den See. Na ja, meine Ferienanlage wollten sie damals nicht. Die Zeit war noch nicht reif, exklusiv, zwanzig Wohnungen und Steganlage. Für die terrassenförmige Anlage hätte man natürlich den Hang etwas abtragen müssen. Aber die verdammten Ämter haben auf stur gestellt: Uferschutz, Umweltschutz. Immer wieder hab ich es versucht. Jahr für Jahr. Und dann haben sie mir klipp und klar zu verstehen gegeben, dass ich mein Angebot nicht noch weiter erhöhen muss: Es wird keine Ferienwohnungen geben.«

»Ja, die Zeiten haben sich schnell geändert«, pflichtete Michael ihm bei. »Es wird langsam unflexibel. Es waren noch schöne Zeiten, als es immer hieß« – Behrends wusste, was jetzt kommen würde und fiel mit ein: »Wie flexibel sind Sie denn so?«

Sie mussten lachen, verabschiedeten sich und versicherten sich, sich auf der Party zu sehen.

Behrends ließ das Handy in die Hosentasche gleiten. Er musste Michael irgendwie loswerden. Die Stimmung wurde nicht besser. Michael hatte mitbekommen, dass Behrends sein Projekt lieber im Alleingang machen wollte. Er traute Michael nicht mehr. Er musste auf der Hut sein. Michael wäre es zuzutrauen, irgendwelche Klauseln auszuhecken, die ihn beteiligten, irgendwas, das er nicht entschlüsseln konnte. Er war ein Fuchs. Und er war genauso begeistert vom Snow Palace wie Sascha. Das Einzige, was seine Stimmung ein bisschen aufhellen konnte, war, dass der Verkauf so schön unproblematisch lief. Schön, er würde dieses Beste-Freunde-Spiel von Michael noch eine Weile mitspielen, zu seiner Party gehen und gute Miene machen. Aber dann musste damit Schluss sein! Der Palace war SEIN Palace – bald würde er oben auf der

Terrasse der Skihütte stehen, unter ihm die Schneepiste und darüber der endlose Sonnenuntergang auf die Kuppel projiziert. Der Sundowner war einfach der schönste Moment – und den würde er festhalten. Für immer.

Er musste an Jacke denken. Jakob Kolkowski, genannt Jacke. Der Snow Palace wäre nach seinem Geschmack. Er hatte Jacke irgendwann nach der Wende auf einer Messe-Veranstaltung im ICC kennengelernt. Jacke drehte ein Ding nach dem anderen. Es war ein Wunder, dass sie ihn nicht sofort geschnappt hatten. Er hatte wache Augen, die immer in Bewegung waren, und eine viel zu kleine Nase mitten in dem breiten, teigigen Gesicht. Eine von den Gestalten, die nach der Wende plötzlich überall auftauchten, Zigaretten schmuggelten und andere krumme Dinger drehten. Sascha konnte es ihnen auch nicht verübeln: Sie wollten auch ihr Stück vom Kuchen abhaben.

Man dürfe das Ziel nie aus den Augen verlieren, sagte Jacke immer: Geld verdienen. »Ich hab auch mal klein angefangen«, erzählte er und zeigte Sascha Behrends nicht ohne Stolz seinen BMW, den er quer in der Auffahrt unter den Messefahnen geparkt hatte. »Oder sagen wir so: Ich lerne. Denn das ist das Wichtigste: Schnell lernen und schnell zuschlagen – sonst isse schon wieder weg, die Gelegenheit!«

Jacke war nicht dumm, das musste man ihm lassen. Und vollkommen skrupellos. »Als Erstes brauchte ich so ein Auto«, erklärte Jacke. »Und da hab ich mir eben den größten Kreisverkehr von Berlin gesucht. Das war der Ernst-Reuter-Platz. Und dann bin ich da immer auf der mittleren Spur gefahren, und dann passiert es früher oder später, dass jemand von innen nach außen wechseln will, weil er rausmöchte – und dann, tja dann passieren eben die Unfälle.« Jacke brüstete sich mit seiner Nummer: »Und egal, ob ich das Auto traf oder das Auto mich traf – ich war immer unschuldig, weil ich auf der Spur geblieben bin!« Wenn er mit einem kreisenden Arm diese Situation nachmachte, dann drehten sich seine drei silbernen Armreife an dem dicht behaarten Arm mit. Wenn die Faust auf die Handfläche traf, womit er den Unfall demonstrierte, dann wackelten sie wie wild hin und her.

Siebenmal machte Jacke das. Dann hatte er sich von einem Alpha Romeo für vierhundert Mark zu einem BMW 316 für fünfzehntausend Mark »hochgebumst«. Behrends hatte sich nicht getraut nachzufragen, wie das genau gegangen sein sollte. Jacke ließ ihm auch keine Zeit dafür. Schon schlug er ihm mit der Hand auf die Schulter: »Zur richtigen Zeit am richtigen Ort – und mit genau der richtigen Idee«, sagte er zu Sascha und lachte: »So was muss doch einfach belohnt werden!«

Er hatte Jacke viel zu verdanken. Auch der Kontakt zu Schütte kam über Jacke. Und nach dem Verkauf der FKW hatte Behrends dann einfach weitergemacht: Grundstücke und Immobilien. Inzwischen verwaltete er Anlagen für Objektgesellschaften in Schönefeld. Der Flughafen war beschlossene Sache. Alle wollten dahin, Hotelketten, Tankstellen. Und das Maklerbüro Behrends war vor Ort.

Er machte seine neue zitronengelbe Daunenjacke zu und stieg die Treppen von der Terrasse hinunter bis zu einem langen Steg am Ufer. Seine Beine schlenkerten bei jedem Schritt etwas nach, als zögerten auch sie. Er war immer schon dünn gewesen. Nur sein Bauch wölbte sich neuerdings wie eine Kugel über den Gürtel.

Inzwischen saß Jacke im Knast. Erst waren es nur Zigaretten und russischer Wodka, mit denen er beinahe die gesamten Berliner Clubs belieferte, dann kamen die Waffen dazu. Das letzte Mal hatte er Jacke in einem Club getroffen, er tanzte zu dem harten Techno, als gälte es einen Durchhaltepreis zu gewinnen, und trug ein merkwürdiges grell buntes Sport-Outfit mit Knie- und Ellbogenschonern. Als Behrends ihm von seinen Immobilienplänen erzählte, dachte Jacke für eine Sekunde nach und gab ihm dann den Tipp: Häng doch einfach Zettel im Umland auf: Kaufe Häuser, bezahle bar. Und dazu deine Telefonnummer.

Sascha musste schmunzeln. Er hatte es genauso gemacht. Und er bekam mehr als zweihundert Angebote, von Potsdamer Villen bis zu alten Bauernhöfen war alles dabei. Ein rundum guter Anfang.

Er blickte in das seichte Wasser. »Ein See wie jeder andere«, sagte er zu sich selbst und zündete sich noch eine Zigarette an. Das beruhigte ein wenig. Die nasse Kälte fuhr durch alle Nähte seiner Kleidung bis auf die Haut. Er fror wie immer jämmerlich. Da halfen auch die Daunen nichts. Er blickte auf das spiegelglatte Wasser des Sees, das irgendwo mit dem Grau des tief hängenden Himmels verschmolz. Die aufziehende Dämmerung steigerte seine Beklemmung noch. Auf einem morschen Pfahl im Wasser stand ein schwarzer Vogel mit ausgebreiteten Flügeln. Er stand da vollkommen regungslos und schien Behrends anzustarren. Sascha hielt dem Blick eine Weile stand. Dann schüttelte er sich und klatschte laut in die Hände. Der Vogel blieb weiter unbeeindruckt, er drehte sich sogar noch ein bisschen mehr in seine Richtung. Sascha Behrends wandte sich ab. Er suchte nach einem Stein, fand aber nichts, womit er hätte werfen können. Bescheuerter Vogel. Er drehte sich um und ging zurück an Land.

Auf der Fahrt hatte er kurz mit dem Gedanken gespielt, seine Eltern und seinen Bruder zu besuchen. Aber den Gedanken dann ebenso schnell wieder verworfen und etwas stärker aufs Gaspedal gedrückt. Es würde nichts ändern. Es hatte einmal einen Moment in seinem Leben gegeben, damals, als Ulrike ihn verlassen hatte, da wollte er plötzlich Versöhnung und Neuanfang. Oder so was in der Art. Aber das war Schnickschnack, Stoff für Fernsehfilme und in Wirklichkeit vollkommen aussichtslos.

Seine Eltern und sein Bruder lebten nach wie vor in der Vergangenheit. Sie verfluchten den Kapitalismus und den Westen und alles, was damit zusammenhing. Sein Vater hatte nie verstanden, dass sein jüngerer Sohn sich nach der Wende auf die andere Seite geschlagen hatte. Es hätte ihn allerdings ein klein wenig interessiert, ob sein Vater immer noch so überzeugt war. Schließlich hatte sich ja inzwischen gezeigt, dass der Sozialismus nirgendwohin geführt hatte und es noch Jahre dauern würde, dieses Land wiederaufzubauen.

Während er selbst in der Grundschule die Fahnenappelle gehasst hatte, stand sein Bruder ganz vorne in der ersten Reihe. Sein Bruder war der Vorzeige-Parteiprössling.

Er selbst hatte auch alles versucht, damit sein Vater stolz auf ihn sein konnte. Aber eben auf seine Art. Zum Beispiel damals mit den Hühnern. Er hatte als Zehnjähriger hinter den Garagen am Waldrand einen umzäunten Verschlag gebaut und dem Nachbarn zwei Hühner und einen Hahn abgekauft. Dann saß Sascha Samstag für Samstag mit den Eiern am Straßenrand im Ort. Die Stelle war perfekt gewählt, kurz vor dem Konsum, wo alle vorbeikamen auf dem Weg zum Einholen. Und es lief gut. Er konnte das damals schon: Gut ankommen. Doch nie würde er das dunkelrote Gesicht des Vaters vergessen, als er ihn anbrüllte. Von »Verrat am Kommunismus« bis »eine Schande für die Familie« waren die Sätze, die ihm der Vater um die Ohren schlug. Die Sätze waren nicht das Einzige.

Mehr noch als die Schläge aber hatte ihm damals geschmerzt, dass der Vater nicht verstanden hatte, was er wollte. Er wollte eben – mehr. Konnte es denn wirklich wahr sein, dass die anderen es nicht sahen? Dass es nicht funktionierte. Dass alle Kinder in der Klasse die gleichen Hosen trugen. Dass es manchmal keine Eier gab und oft keine Früchte.

Voller Stolz erzählte der Vater abends von den Einsätzen auf den Feldern. Eins war ihm schon als kleiner Junge klar gewesen: Er wollte auf keinen Fall das werden, was sein Vater war. Er wusste, dass er hier wegmusste.

Tja, fragte er sich: Und wie? Wie hatte er das geschafft? Ganz alleine! Das hatte er verinnerlicht: Alleine zu kämpfen, ohne sich auf andere zu verlassen.

2. Der Weltfrieden

Behrends fuhr die Uferstraße bis zum Ende. Das Grundstück war noch immer vollkommen unzugänglich. Herr Gräber hatte wohl zu viel versprochen, dachte Behrends verärgert. Er war froh, dass er das Haus nun schon bald los sein würde und die ganzen Erinnerungen gleich mit.

Das Gartentor war nur angelehnt. Inzwischen war es schon beinahe zu dunkel, um etwas zu erkennen. Hätte er doch in diesem ranzigen Bäcker nicht so viel Zeit verloren! Aber er hatte auch nicht damit gerechnet, dass es hier schon nachmittags stockfinster sein würde. Er tappte vorsichtig um das Haus herum und blieb abrupt stehen. In dem großen Zimmer zur Seeseite brannte Licht! Da war jemand! Im Kindergarten! Er konnte nichts erkennen und schlich etwas weiter weg vom Haus, um besser reingucken zu können. Es waren anscheinend mehrere.

Er erkannte den langen Hausmeister-Lulatsch und seine kleine Frau aus dem Labor, die Laborchefin Martina, den Schrank von einem Ökofreak und eine etwas jüngere Frau mit rot gefärbten Haaren. Er stockte. Er war sich nicht ganz sicher, aber doch – es gab keine Zweifel: Es war Else. Zopf-Else. Mit ihrem geflochtenen Zopf bis zum Arsch war sie damals das begehrteste Mädchen an der Schule gewesen.

Er war zwei Klassen unter ihr. Als sie fünfzehn waren, da gab es diese Wette unter den Jungen in seinem Jahrgang. Er musste grinsen. Tja, was sollte er sagen: Er hatte die Wette gewonnen. Er war zu den Treffen der Theatergruppe gegangen, die Else damals zweimal wöchentlich leitete – und hatte eine Gitarre mitgebracht. Die E-Gitarre, ausgeliehen von seinem Kumpel, der die Gitarre von seinem Onkel aus Braunschweig hatte. Das Stück war symbolisch systemkritisch und ziemlich mutig, wie alle nicht müde wurden zu wiederholen. Es ging um einen Staat, der alles überwachte. Der Titel war einfach nur eine Jahreszahl. Er hatte allerdings vor allem die Wette im Kopf. Und dann bei der Bauprobe der Bühne waren sie die beiden Letzten im Jugendhaus. Sie standen hinter einer Bretterwand voller Gucklöcher, wo im Stück alle immer ihre Köpfe rausstrecken sollten. Es ging schnell und ohne Worte. Hinterher war er sich gar nicht sicher, ob es wirklich passiert war. Aber er hatte es geschafft, er hatte Else mit dem Zopf rumgekriegt. Trotz allem musste er ein bisschen grinsen.

Auf dem See zog ein Schiff von links vorüber, es blieb unsichtbar, nur das rote Licht fuhr einmal mitten durch das alles umfassende Schwarz. Stimmt: Es war nicht alles schlecht gewesen. Der Osten hatte ihm auch einiges beigebracht. Er hatte gelernt, zu improvisieren, das Lügengeflecht der anderen für seinen Vorteil zu nutzen – und im richtigen Moment zuzuschlagen.

Aber jetzt zur Sache: Was hatte dieses illustre Figurenkabinett aus seiner Vergangenheit in dem Kindergarten zu suchen? Er trat noch einen Schritt nach hinten, um den Raum besser überblicken zu können, er beobachtete, wie der Lulatsch die Terrassentür öffnete und hinaus in den Garten kam. Vorsichtig, um nicht bemerkt zu werden, ging Behrends weiter rückwärts, hinein in den dunklen Teil des Gartens – und hing plötzlich fest. Er hatte sich mit dem Fuß verfangen, knickte um und verlor den Halt. Es ging so schnell, dass er nichts mehr dagegen tun konnte, er versuchte nach irgendwas zu greifen, aber da war nur Luft – er fiel einfach hintenüber, tief, viel tiefer als der Boden. Seine Gedanken gingen nicht schneller, sondern langsamer, wie im Zeitlupentempo. Ein

Loch, dachte er. Die Grube!, erinnerte er sich auf einmal. Er sah, wie sich die schwarzen Äste der Eiche über ihm bewegten. Dann wurde ihm klar, was gerade geschah. Er schrie laut auf vor Zorn, laut und markerschütternd.

Als er aufblickte, stand der lange Hausmeister über ihm und blickte auf ihn runter. Und er lag in der Grube. Das war wirklich jämmerlich, er ärgerte sich maßlos, wollte, dass es schnell vorbeiging, und hatte vor allem keine Lust auf die Begegnung mit diesen Alten. Wer weiß, vielleicht waren sie immer noch nicht über das hinweg, was damals passiert war? Gleichzeitig konnte er es auch nicht unkommentiert lassen, dass sie in sein Haus eingedrungen waren. Wortlos nahm er die Hand entgegen, die ihn sodann ebenso wortlos aus dem Loch emporzog, und klopfte sich vergeblich die nasse Erde von den Kleidern.

Obwohl alles blitzblank geputzt war, hing der Mief in jeder Ritze. Es war der alte Mief, modrig, klamm und muffig. Er ließ sich nicht wegschrubben. Er hätte sofort gehen sollen, er hätte sich nicht darauf einlassen sollen, aber jetzt stand er hier in dem seeseitigen Raum des Kindergartens, und alle blickten ihn an, teils herausfordernd, teils trotzig, teils schuldbewusst. Sie hatten ihm erklärt, dass sie im Garten und im Haus arbeiten würden, im Auftrag von Herrn Gräber, aber sie hatten nicht verbergen können, dass sie sich unsicher waren, ob sie damit durchkamen.

Vor ihm auf einem Tisch stand auf einer runden Spitzendecke mit Stiefmütterchenmuster ein Teller mit einem kleinen Herbstgesteck: ein schiefer Pilz aus Pappmaschee, drei kleine Kürbisse und viele bunte Plastikblätter und Efeuranken drum herum. Das ist grotesk, dachte Behrends, das ist Vorhölle Nummer 2.

Aber er war auch auf der Hut. Er sah in die Runde und versuchte ein Grinsen. »Vielleicht finden wir ja noch einen Kräuterlikör im Schrank?« Seine Stimme klang noch höher als sonst. »Könnte ich jetzt brauchen.«

Die fünf Märker blickten ihn an und sprachen, wie immer, nicht ein Wort. Wie er diese Landeier für ihr Schweigen hasste. Wortlos und haarlos. Sie sahen aus, als ob sie alle die gleiche Krankheit hätten.

»Der Behrends«, sagte Martina knapp. Sie war immer schon am gesprächigsten von allen gewesen. Sie hatte damals als Einzige auch weitergedacht, was die Zukunft der Fermentations-Werke anging. Leider war ihre Vorstellung von einer neuen Forschungsabteilung nicht nachvollziehbar gewesen. Irgendetwas mit Viren, die Bakterien essen. Und leider hatte er keine Möglichkeit gesehen, ihr weiterzuhelfen. So würde er es gleich formulieren, wenn sie fragen sollte.

»Die Grube«, sagte die kleine Labortante Erika. Sie bemerkte es gar nicht – oder noch nicht? Ihre Miene blieb vollkommen ausdruckslos. Er war in seine eigene Grube gefallen – wenn das kein Grund war, ihn auszulachen, mit dem Finger auf ihn zu zeigen, ihn zu verhöhnen mit allen Mitteln der Kunst. Oder zumindest eine Bemerkung, die diese Parallele festhielte. Aber: nichts. Und dann war sie auch schon vorbei, die Gelegenheit.

Jetzt ergriff Else mit roten Haaren und ohne Zopf das Wort: »Das passt doch gut. Gerade haben wir uns nämlich gefragt, was hier im Weltfrieden eigentlich ablief, während das Werk in seine Einzelteile zerlegt und verkauft wurde?« Der Ökoschrank baute sich auf, als ob er etwas sagen wollte, doch dann drehte er wieder ab und brummte vor sich hin. Behrends sah ihn irritiert an.

Dann legte Else eine Mappe auf den Tisch. Er erkannte sie sofort, trotz des hellen Schimmels, der die blaue Kunststoffoberseite fast vollständig überzog. Es war seine alte Mappe. Und dieser Joppe stand jetzt zwischen ihm und der Terrassentür. Kein Fluchtweg mehr.

Ulrike hatte recht gehabt. Die Grube war ihm also doch noch zum Verhängnis geworden. Und zwar mit voller Wucht. Er erinnerte sich, wie er am Ende noch die letzten Sachen zu dem Loch getragen hatte, in der einen Hand den Korb mit den Flaschen und in der anderen Hand seine Tasche. Ulrike saß im Auto und wartete. Es fühlte sich in diesem Moment richtig an, es fühlte sich nach einem Schlussstrich an. Er hatte die Tasche hinterhergeworfen, sie war nicht viel wert, Lederimitat, mit ein paar losen Papieren und dem blauen FKW-Ordner darin. Das Kapitel war zu Ende. Dann schaufelte er alles zu. Was war in dem Ordner gewesen? Er konnte es beim besten Willen nicht mehr sagen.

Er blickte sich um. Sie meinten es ernst. Else winkte mit einem Papier, das in einer Plastikfolie steckte, es war auch angeschimmelt, aber man konnte es anscheinend noch entziffern: »Sehr geehrter Herr Behrends«, las sie vor. »Hiermit übersenden wir Ihnen folgendes Angebot der Schütte Investment GmbH und Co. ...« Else blickte auf. »Man kann nicht mehr alles lesen, aber weiter unten geht es wieder weiter: ... unverzüglich die Aufhebungsverträge für die Mitarbeiter des ehemaligen DDR-Betriebs ›Fermentationswerke Königswerder‹ aufzusetzen und zum Abschluss zu bringen ..., und dann noch ganz unten: ... erhalten Sie dann wie vereinbart vierzigtausend Deutsche Mark nach erfolgreicher Durchführung. Des Weiteren werden wir Ihnen bezüglich des Grundstücks der ehemaligen Kindertagesstätte Informationen zukommen lassen ...«

Else ließ das Blatt sinken. Dabei fiel noch etwas aus der Hülle auf den Boden. Sie hob einen ziemlich vergammelten Bierdeckel hoch. Der Bierdeckel aus dem See-Quell! »Da steht was drauf«, die Grüning zeigte auf die vergilbte quadratische Pappe.

»B = 1 3er«, entzifferte Else. »Was bedeutet das?«

Der Ökoschrank mischte sich ein. »B für Behrends nehme ich an. Und dann, natürlich – der 3er! Das hat sich ja richtig gelohnt, Behrends«, fügte er trocken hinzu, und seine Stimme war voller Verachtung. »Der BMW lief also als kleiner Vorschuss, als Dienstwagen sozusagen?«

Sascha Behrends überlegte fieberhaft, was er erzählen konnte. Er würde einiges weglassen. Er musste es so drehen, dass er am Ende vielleicht doch als so was wie ein gescheiterter Held dastand, ein betrogener Ehrenmann.

»Warum habt ihr alles verbuddelt, wenn ihr nichts zu verbergen hattet?«, fragte der Hausmeister jetzt. Erika Grüning stellte einen Kindergartenbecher vor ihn und schenkte Wodka ein. Dankbar kippte er das Glas in einem einzigen großen Schluck runter und ließ sich auf das Sofa fallen. »Es ging nie darum, hier einen Standort zu erhalten und die Forschung weiterzubetreiben. Hab ich recht?« Martina trommelte nervös mit ihren Fingerspitzen auf den Tisch.

Keine Ahnung, ob das der Wodka war, aber Behrends begann langsam etwas Spaß daran zu finden. Er war auf einmal sehr stolz auf sich. Wie er sich damals aus diesem tristen Abseits hier rausgehangelt hatte. Seinen Arsch gerettet. Ganz allein. *The winner takes it all.*

Er war der Zahnarzt in der Nutella-Geschichte, die sein Vater ihnen immer erzählt hatte, als sie noch klein waren. Er wollte ihm und seinem Bruder damit das böse Wesen des Kapitalismus erklären: »Ja, wusstet ihr das denn nicht?«, hatte er mit hochgezogenen Augenbrauen und ungläubigem Blick gesagt. »Wusstet ihr denn nicht, dass die Zahnärzte im Westen Nutella erfunden haben? Die zuckrige Haselnusscreme macht die Kinder erst süchtig – und dann macht sie ihnen die Zähne kaputt. Dann müssen die Kinder zum Zahnarzt – und die Zahnärzte verdienen noch mehr Geld!«

Schon damals fand Sascha Behrends das ziemlich schlau von den Zahnärzten. Auf diese Idee musste man erst einmal kommen! Sein Bruder hingegen fürchtete sich seit der Geschichte vor Zahnärzten. Und fragte nie wieder nach Nutella.

Er bemühte sich, nicht zu zeigen, wie erleichtert er war. Daraus, dass er eine Provision erhalten hatte, konnte ihm niemand einen Strick drehen. Das war klar. Sie hatten nichts in der Hand.

Die Stilllegung der FKW war ganz offiziell in sauberen Tüchern. Und das war einzig und allein sein Verdienst. Er würde das den Alten erklären und dann schnell von hier verschwinden. Es gab schließlich noch was zu feiern. Der Kaufvertrag war unter Dach und Fach, so gut wie.»Ich habe dran geglaubt. Bis zum Schluss«, beteuerte er und konzentrierte sich darauf, seine Stimme tief und seriös klingen zu lassen. »Die Anlagen waren ultramodern.« Er strich die Haarsträhnen nach hinten. Sie fielen wieder nach vorne. »Dachten wir. Im Vergleich zu den Produktionsanlagen in der Bundesrepublik sahen wir allerdings alt aus.« Er versuchte sich zu fokussieren. Es war sein Trick, sich vollkommen in sein Gegenüber hineinzuversetzen, zu spüren, was er fühlte. Darin war er gut. Das hatte schon bei seiner Grundschullehrerin funktioniert. »Das haben die Prüfungen ergeben. Unabhängige Untersuchungen.«

»Aber es hätte doch einen Weg gegeben«, sagte Martina, »wir waren sanierungsfähig. Mit Geld und etwas Zeit hätte man die Produktion ziemlich schnell auf den aktuellen Stand bringen können. Woran es haperte, waren die Mittel. Unsere Pilzstämme waren nicht leistungsstark genug, es fehlte eine neue Technik für die Abläufe, um die Produktion stabil zu halten.« Joppe war aufgestanden und lief vor dem Fenster hin und her. »Und niemand kam und hat uns gefragt.«

Behrens stützte sich hoch. »Die FKW waren nicht nur ein Treuhandwerk nach der Wende, sie waren auch Konkurrenz. Es gab keine Investoren für das Werk. Die Stilllegung war von oben beschlossen worden.« Sascha Behrends sah in die Runde. Jetzt musste er die richtigen Worte finden. »Es sollte nicht sein. Wir mussten gucken, dass wir rausholen, was rauszuholen war. Die Maschinen und Laborausrüstungen haben wir gut verkauft. Es gab viele Verhandlungen. Aber schließlich haben sich alle geeinigt. Es macht auch mehr Sinn, an einem schönen Seeufer ein Golfhotel zu errichten, als dort ein Chemiewerk zu erhalten, oder etwa nicht?«

Niemand sagte etwas, Behrends war irritiert. Er hob den Becher, um noch etwas Wodka zu bekommen. »Es waren verrückte Zeiten. Man war da plötzlich mittendrin in einer irren Verhandlung, das ist schwer vorstellbar, wenn man das nicht erlebt hat. Und da gab es dann eben Provisionen für die Beteiligten, damit die Wirtschaft nicht zu lange brachlag. Daran ist nichts Illegales.«

Noch immer Schweigen. Keine Wut, keine Emotion. Nur der Hausmeister-Lulatsch hatte schon mindestens eine Packung Raffaellos verdrückt. Seine kleine Frau guckte bereits zum zweiten Mal auf ihr Handy. Ein gutes Zeichen. Sie hatten also noch was vor, einen Termin vielleicht. Das machte es einfacher, schnell wieder von hier zu verschwinden. Er wurde etwas lockerer. Er musste kurz an die Abende denken, hier an dem großen Fenster, unter diesen Eichen. Sie waren nicht zu bremsen gewesen. Ihnen gehörte die Zukunft. Es war ein einziger Höhenflug gewesen. Die Mauer war gefallen. Das Ding der Unmöglichkeit war geschehen. Was also war noch alles möglich? Sie hatten alle hierher eingeladen, die ihnen über den Weg liefen. Im Nachhinein kam es ihm unwirklich vor, ein bisschen wie in einem Film. Er gab sich einen Ruck.

Er hatte es zu spät bemerkt. Die Stimmung war gekippt. Anstatt seine Rettergeschichte wollten sie eine Entschuldigung von ihm. Sie wollten eine Kehrtwende. Sie wollten ihr Labor zurück! Es wurde ihm plötzlich klar: Die Alten hatten die Schließung noch nicht überwunden! Dabei waren doch schon Jahre seither vergangen!

Er hätte es anders anfangen müssen. Doch er hatte keine Zeit mehr, sich darüber zu ärgern. Der Schlag erwischte ihn mit einer solchen Wucht, dass er vom Stuhl fiel. Er schmeckte das Blut und musste an die Zahnärzte von der Nutella-Geschichte denken. Was macht ein Zahnarzt, wenn er seine eigenen Zähne verliert?

Die anderen waren aufgesprungen, alle riefen durcheinander. Joppe schrie, wie Behrends noch nie zuvor jemanden hatte schreien hören. Es war kein menschlicher Ton mehr darin.

Es musste die Heizung sein, es gab ein lautes, krachendes Geräusch, als sein Hinterkopf an etwas Hartes, Kantiges stieß. Dann geriet in seinem Kopf alles durcheinander, der Schrank lag auf ihm, er schrie noch immer, er hatte sich anscheinend auch verletzt, grelle Lichter blendeten ihn von allen Seiten, dann wurde es schwarz.

3. Der Weltfrieden

Niemand rührte sich. Erika versuchte zu begreifen, was passiert war. Sie spürte, wie Panik in ihr aufstieg, sie kroch ganz langsam immer höher, sie war nicht aufzuhalten. Es war dunkel geworden, aber niemand machte Licht. Sie saßen um den ausgestreckten Körper von Behrends. Joppe war neben ihm zusammengesunken und hielt sich den Arm.

»Ist er tot?«, fragte Hermann leise. Erika fühlte Behrends' Puls und schüttelte den Kopf.

»Meine Fresse«, murmelte Els. »Und was jetzt?«

Joppe sagte mit tonloser Stimme: »Er darf nicht einfach so davonkommen.« Und dann nach einer Pause: »Er soll endlich sehn, wie es ist.«

Erika fuhr der Schreck jetzt wie eine eisige Kugel durch den Körper. Jetzt, das war klar, jetzt würde alles aus dem Ruder laufen. Nein, korrigierte sie: Es war ja schon aus dem Ruder gelaufen. »Das war's dann«, sagte sie und unterdrückte ein Zittern. »Der verklagt uns doch. Einbruch und jetzt auch noch Körperverletzung.«

Sie hatten die Grenze überschritten, und alle wussten es. »Der kann uns fertigmachen«, sagte Hermann mit verbittertem Ton, »genau wie damals.«

»Quatsch nich', Krause!« Joppe schien aus seinem Trance-Zustand zu erwachen. »Er verklagt mich. Und ihr könnt ihn mit dem

Brief drankriegen. Die einzige Möglichkeit. Jetzt oder nie. Los, Martina erzähl's den anderen.«

Sie hörten, wie der Wind draußen durch die Bäume fuhr. Das beruhigte Erika etwas. Die Bäume ließen sich nicht erschüttern. Es war nichts. Nur ein kleiner Augenblick der Unruhe, der vorübergehen würde. Nichts würde später daran erinnern. Sie wuchsen weiter, mit den Wurzeln tiefer hinein in die Erde, mit den Ästen höher hinauf in die Luft.

Was hatte sie damit zu tun? Sie könnte jetzt aufstehen und gehen. Auf der Stelle, zur Tür raus, durch den dunklen Garten und nach Hause in den Schleusen-Block. Hermann und sie würden mit einem Schrecken davonkommen. Es war nicht ihr Problem, was passiert war. Sie konnten weitermachen: ihre Häuser, ihr Barkas, ihr Schlüsselbrett. Doch schon während sie das dachte, schämte sie sich für den Gedanken. Hermann würde Joppe nie im Stich lassen. Und sie auch nicht. Sie würden das zusammen durchstehen. Aber wie? Ihr Handy war schön kalt. Erika hielt es fest in ihrer linken Hand. Es war immer noch der 4. Dezember. Morgen musste sie zu Frau Cramer. Sie mussten das hier schnell zu Ende bringen. Aber wie? Sollten sie ihm Geld bieten? Das wäre ja lachhaft. Ihr weniges Gespartes. Sollten sie ihn ins Krankenhaus bringen – und dann? Sie fand keine schnelle Lösung, sosehr sie auch ihre Gedanken durchforstete. Es fiel ihr schwer, die Ruhe zu bewahren und still sitzen zu bleiben. Da tauchte in ihrem Kopf der Satz auf, den Joppe als Letztes gesagt hatte, und beinahe schrie sie: »Drankriegen, drankriegen – wie stellt ihr euch das denn vor! Und dann?«

Martina guckte auf ihre Hände. Sie sah niemanden an. »Joppe hat recht. Es gibt eine Möglichkeit.« Sie blickte in die Runde. Martina, das redefreudigste Wesen östlich von Berlin suchte eine Weile nach Worten und fuhr dann stockend und für ihre Verhältnisse unendlich langsam fort: »Ich habe mich damals informiert, aber mich dann dagegen entschieden. Ich dachte, es wäre besser, zu vergessen. Also, Fakt ist: Wir können ihn vielleicht wegen Betrug drankriegen. Um mich damals zur freiwilligen Unterschrift für den Aufhebungsvertrag zu bewegen, hat Behrends mir gesagt, er stehe bereits in Verhandlungen mit einem amerikanischen Konzern, den CORAX Pharmaceuticals in Los Angeles. Die wären an einer Übernahme und Weiterentwicklung unserer Phagenforschung am Standort Königswerder interessiert.« Sie stockte kurz. »Behrends sagte, er hätte ihnen meine Forschungsunterlagen zugeschickt. Wie sich später rausstellte, war das schlichtweg erstunken und erlogen. Aber was wusste ich denn! Ich dachte, es würde sich aus dem Alten eine große Chance für etwas Neues auftun.« Sie sackte in sich zusammen, sodass ihre Igelhaare zitterten. »Was solls, am Ende hat er ja alle irgendwie dazu gekriegt zu unterschreiben. Und damit waren wir raus.« Niemand sagte ein Wort. Alle hingen an ihrer linken Gesichtshälfte, weil man nicht anders konnte, wenn man Martina zuhörte – auch wenn es schon fast zu dunkel war, um etwas zu erkennen. »Auf meine Nachfrage an die Schütte GmbH bekam ich einen Brief zurück, dass der Kollege Behrends da wohl seine Kompetenzen überschritten habe, von Verhandlungen mit einer US-Firma wüssten sie als Investorengemeinschaft nichts. Er habe da ohne Vollmacht gehandelt. Sie hätten bereits anderweitige Pläne für den Standort. Mit freundlichen Grüßen.« Martina blickte auf. Alle schwiegen.

»Und den Brief hast du noch?«, fragte Els. Martina nickte. »Und hast du eine Abfindung bekommen?«

»Zwölfhundert«, sagte Martina.

Els stand auf und ging hin und her. Dann blieb sie stehen. »Das heißt also, wir haben vielleicht doch was in der Hand. Das war Täuschung. Und das ist strafbar, oder?« Sie blieb stehen, blickte auf. Joppe brummte und wiederholte immer wieder: »Er soll sehn, wie es ist, er soll sehn, wie es ist, er soll sehn, wie es ist.« Els strich ihm beruhigend über den Rücken. Irgendwann beendete Joppe seinen Singsang mit: »Das sind wir den anderen schuldig.«

»Warum hast du unterschrieben?«, fragte Els leise.

Joppe schwieg. Dann antwortete er mit einer Stimme ganz ohne Ton: »Sie haben mich gehen lassen damals in Görden, wenn ich ihnen berichte. Ich sollte jemanden beschatten. Westkontakte und so. Ich hab es irgendwie hinbekommen, ohne dass was passiert ist. War aber ziemlich viel Glück dabei. Ich denke, es ging ihnen vor allem darum, mich kleinzuhalten. Erpressen konnten sie mich nicht weiter.« Hilflos blickte Joppe in die Runde. Niemand sagte ein Wort. »Und Behrends hat es rausgekriegt. Keine Ahnung wie. Er hat gedroht, es aufzudecken und der Person zu sagen, die ich beschatten sollte. Das wollte ich natürlich verhindern.« Er machte eine Pause. »Es ging um meinen Bruder und seinen Freund im Westen.«

Niemand sprach.

»Deswegen bist du also weggetaucht«, sagte Erika. Els nahm Joppes Hand.

»Ganz oder gar nicht«, stellte Hermann fest. Erika war unsicher. In welche Richtung ging das hier gerade? Was sollten die Andeutungen bedeuten?

»Okay«, nahm Martina den Faden wieder auf. »Die Phagen sind futsch. Aber im Grunde hat Behrends ein kleines Vermögen eingespielt mit unserem Werk, oder?«

»Und im Grunde steht das Vermögen doch euch zu, oder?«, führte Els den Gedanken fort.

Erika war verzweifelt. Das war doch eine Schnapsidee! »Was wissen wir denn! Der Brief ist vielleicht überhaupt kein Beweis. Vielleicht hat er sich da längst irgendwie abgesichert.«

Els blickte die anderen forsch an. »Wer weiß! Ich schlage mal was anderes vor: Wir drehen den Spieß um. Wir regeln das alleine – also unter uns.«

»Du meinst, es ist sein Schicksal, und er bekommt jetzt seine gerechte Strafe – ist es das, was du sagen willst?«, fragte Hermann. »Da würde ich aber aufpassen. Das könnte gefährlich enden.«

»Ach was!« Joppe kratzte sich am bartlosen Kinn. »Es ist genauso, wie du sagst, Hermann. Es ist der Gang der Geschichte. Wir dachten, es ist vorbei. Behrends dachte, es ist vorbei. Aber das ist es eben noch nicht. Wenn die Dinge nicht geklärt sind, brechen sie sich Bahn. Ob das nun gerade reinpasst oder nicht.«

Erika konnte sich endlich aus ihrer Starre befreien, und als Behrends aufstöhnte und sein Bein bewegte, ging alles ganz schnell. Wortlos brachte Erika die Wäscheleine, und Hermann suchte Klebeband. Joppe fesselte die Beine, und Els war schon draußen und fuhr rückwärts mit dem Puffermobil durch die Weinranken hindurch bis vor die Tür. Denn hier konnte Sascha Behrends nicht bleiben. Hier würde man als Erstes nach ihm suchen.

Der Wind hatte sich zu einem mächtigen Sturm entwickelt. Mit einem kraftvollen Brausen peitschte er über den See und rüttelte mit aller Kraft an den Bäumen. Die nächtliche Ruhe war von einem Moment auf den anderen vorbei. Ein Aufruhr war aufgekommen, ein unaufhaltsamer Aufruhr. Er treibt was an, dachte Erika und wusste nicht, ob sie wissen wollte, was es genau war. Doch die Eiseskälte war von ihr gewichen.

4. Die Mitgliedshütte des betriebseigenen Tauchsportverbands der Fermentationswerke KW

Er saß auf einem Stuhl, seine Arme waren hinter der Lehne gefesselt. Gefesselt? Behrends stöhnte auf. Das war doch jetzt nicht wahr! Auch seine Beine waren an den Knöcheln zusammengeschnürt. Hallo? Hallo! Ist da jemand? Wo war er überhaupt? Er fror erbärmlich. Der Stuhl stand mitten in einer kleinen, brüchigen Hütte. Nur ein einsamer kleiner blauer Wimpel hing an der Wand: *Tauchsportverband der DDR*. Sie hatten ihn verschleppt?! Diese kahlköpfigen Witzfiguren, diese Karikaturen von Ossi-Verlierern? In seinem Kopf wirbelten die Gedanken durcheinander, er musste Michael irgendwie verständigen, damit er ihn hier rausholte, er musste Coco schreiben, damit sie nicht sauer würde, und das Allerwichtigste: Er musste seine Termine verschieben! Es war so viel auf einmal, dass ihm schlecht wurde. Außerdem dröhnte sein Kopf. Die Heizung schien ihm ein ordentliches Loch reingeschlagen zu haben. Und im Mund schmeckte es nach getrocknetem Blut. Mit der Zunge befühlte er vorsichtig die schmerzende Stelle, ein Zahn war gesplittert. Seine rechte Gesichtshälfte glühte und pochte wie verrückt. Aber immerhin konnte er noch klar denken. Er würde diesen Gewerkschaftsheini so was von fertigmachen! Der würde seines Lebens nicht mehr froh werden! Hatten die nichts Besseres zu tun? Sollten die doch zu den Neonazis gehen und da ihren Frust loswerden!

Draußen näherten sich Schritte. Der Hausmeister-Lulatsch hievte mit einer Sackkarre einen Ofen durch die Tür. Es war wieder hell. Ein unwirkliches Licht, irgendwie milchig. Es schien, aber es verbreitete keine Helligkeit. Sogar im Gegenteil: Es schien die Helligkeit geradezu zu verschlucken. Hermann Grüning sagte kein Wort.

»Lasst mich raus«, sagte Sascha Behrends. Die Worte klangen irgendwie anders, seine Zunge war zu schwer und der Mund zu unförmig, um sie wie gewohnt zu formen. »Wenn ihr mich jetzt gehen lasst, vergessen wir alles.« Der Lulatsch sagte kein Wort. Er drehte sich nicht einmal um in seine Richtung. Er entfachte seelenruhig ein Feuer, als hätten die hier jede Woche einen Gefesselten sitzen. Behrends merkte, wie er die Nerven verlor. »Ich geb euch alles Geld, was ich dabeihab. Ich geb euch noch mehr, wir einigen uns!« Die Holzscheite knackten, und Funken stoben auf. »Was denkt ihr denn, wer ihr seid! Ihr habt nichts in der Hand, nichts! Der olle Brief vom Schütte ist nichts wert – den zerreiß ich vor euren Augen, sobald ich hier raus bin – lasst mich jetzt raus, lasst mich sofort raus!« Er brüllte die letzten Worte, er heulte auf, doch an dem Rücken vor dem Ofen prallte alles ab. Behrends bettelte, er flehte: »Ich muss so viel erledigen! Das könnt ihr euch nicht vorstellen!« Als das Feuer brannte, verließ der Grüning die Hütte wieder.

Er konnte es nicht zurückhalten, der Zorn und die Erschöpfung waren zu groß. Behrends heulte, er schrie es raus. Es dauerte lange, aber dann irgendwann kam nichts mehr, nur noch ein leises Wimmern. Vollkommen erschöpft lehnte er seinen Kopf zurück. Er lauschte. Durch das Loch in der Decke sah er die schwarzen Äste der Bäume vor dem milchigen Himmel. Nichts bewegte sich. Es war vollkommen still.

Er versuchte mit dem Stuhl näher zum Ofen zu rücken, so wie die Gefangenen in Filmen. Doch er kam nicht einen Zentimeter vorwärts. Er spürte, dass das Feuer langsam die nasse Kälte vertrieb. Seine Daunenjacke hatte ihn wahrscheinlich davor bewahrt zu erfrieren. Diese Idioten konnten froh sein, dass sie jetzt nicht auch noch wegen Mord drankamen!

Würden sie ihn jetzt einfach hierlassen, mitten im Nirgendwo? Er konnte nur hoffen, dass der Lulatsch den anderen von dem Geld erzählte.

Er schreckte hoch. Er war eingenickt. Von draußen fiel das fahle Tageslicht durch die Ritzen. Er hörte ein Auto näher kommen, ein Diesel, ein Transporter oder Bus vielleicht. Die Tür ging auf. Herein kam die ganze Mannschaft. Behrends stöhnte auf. Sie brachten eine Matratze, ein Schloss, eine Plane für das Loch in der Decke, zwei Stühle, und die Grüning stellte einen kleinen Topf mit Suppe, zwei Scheiben Brot und eine Flasche Apfelsaft auf den Tisch.

»Hey, Leute!« Behrends hob beschwichtigend die Augenbrauen. »Ich bin doch nicht schuld daran, wie es damals gelaufen ist. Das war eben eine besondere Zeit. Niemand wusste genau, was funktionieren würde und was nicht. Es war reines Pokern!« Und, fügte er in Gedanken hinzu, es gab einfach keine Zeit für Moral! »Wir vergessen das Ganze, wenn ihr mich gehen lasst!«

Die Gruppe blickte ihn an. Else sprach mal wieder für alle. Es ging um einen Brief der Schütte GmbH an Martina, die Chefin, es ging um ihre lächerliche Virensammlung damals und um angeblichen Betrug. Er habe sie getäuscht, um die Unterschrift zu erzwingen. Natürlich hatte er etwas recherchiert. Er hatte das Geld schließlich dafür bekommen, dass es schnell ging.

Die anderen sagten kein Wort. Sie waren sich unsicher, bemerkte Behrends. Das gab ihm Hoffnung.

Doch dann drehten sie sich doch relativ einhellig um und gingen. Eine Hand hatten sie ihm befreit, damit er essen konnte. Er musste nachdenken. Ein Brief, mit dem ihm was nachgewiesen werden konnte. Konnte das sein? Michael musste das prüfen, so schnell wie möglich.

Warum musste es so verdammt still sein! Er konzentrierte sich auf jeden noch so kleinen Laut. Aber da war nichts. Einfach nichts. Aus dem kleinen Fenster sah er auf den erstarrten See. Die Sonnenflecken warfen helle Flächen vom Eis auf den Nebelschleier über sich. Dieser See war verhext. Das hatte er schon früher immer so empfunden. Man stand am Ufer und kam nicht weiter. Die andere Seite blieb unerreichbar. Es blieb einem nur übrig, sich umzudrehen und wieder zurückzugehen. Ausgebremst.

Die gelben Schilffelder am Ufer ließen nicht einmal zu, dass man dem Wasser zu nahe kam. Das alles erinnerte ihn wie ein Keulenschlag an die Zeit, in der nichts vorwärtsging. Was auch immer man tat, man war bloß eine Figur in einem Spiel, bewegte sich aber immer nur zur Seite oder rückwärts. Die Wende hatte sie endlich von dem Marionettenspiel befreit.

Die dünnen, verzweigten Äste der Bäume am Ufer zeichneten sich gegen den grauen Himmel wie Adern des Himmels ab, wie eine Verbindung zwischen Himmel und Erde, zwischen unbeschwerter Ewigkeit und mühseligem Dahinsiechen. Und trotzdem, es gab keine Befreiung. Die Natur spielte ihnen allen was vor.

Dabei war sie selbst am schlimmsten getroffen – wenn man wusste, wie verseucht alles war, wie der Müll damals die Böschung runtergekippt wurde und wie Chemiereste ins Wasser geflossen waren – dann wollte man doch nicht eine Sekunde länger an diesem Ort stehen. Man wollte doch nur noch wegrennen!

Behrends tunkte das Brot in die Suppe und schob sich vorsichtig ein Stück in den schmerzenden Mund. Er schluckte. Es ging. Es tat gut. Er biss ab und schluckte, biss ab und schluckte, biss ab und schluckte, biss ab. Er konnte nichts mehr denken. Ganz plötzlich war alles weg. Der Kopf war leer. Das Leben könnte ganz schön sein, wenn es nur Abbeißen von durchweichtem Brot und Schlucken gäbe, dachte Behrends. Er griff zum nächsten Brot. Wenn es wenigstens regnen würde. Dann könnte er dem Trommeln der Regentropfen auf dem Wellblech über sich lauschen. Die Stille war mörderisch.

Da glaubte Behrends, ein feines Sirren zu hören. Ein Singen vielleicht sogar. Es schwoll an und wurde lauter.

Ulrike hätte ihn ausgelacht, wenn sie ihn so sehen könnte. Der ganze Höhenflug damals hatte natürlich auch mit Ulrike zu tun. Ulrike hatte ihm diese Kräfte verliehen. Die schlaflosen Nächte, die Drogen, das Tanzen in den Clubs, das alles war pure Energie gewesen. Er erinnerte sich an diesen einen Anruf von ihr, dann die Fahrt mit seinem nagelneuen BMW nach Berlin, die Suite im Interconti. Diese Welt von Luxus und Macht. Er hatte sie aufgesogen wie eine Koks-Line. Die Lichter von Berlin zu ihren Füßen, sie beide im Himmel. Er wusste, dass sie ihn am nächsten Morgen wie immer wieder wegschicken würde. *Arrivederci!* Aber er war süchtig nach diesem Spiel.

Das Sirren hörte plötzlich wieder auf. Dann setzte es wieder ein. Es schien näher zu kommen. Berends konzentrierte sich mit aller Kraft darauf auszumachen, ob es näher kam.

Ulrike war die einzige Frau in seinem Leben, die ihn verstanden hatte. Sie war knallhart, aber geradeheraus und ehrlich. Sie ließ ihn abblitzen und rief ihn dann wieder zu sich. Er war ihr verfallen. Einmal nur war sie mit an den See gefahren. Der alte Kurort direkt vor der Stadt. Sie hatten Pläne geschmiedet: Golfplätze, Hotels, Villen. Sie hatten eine Liste mit möglichen Investoren gemacht. Doch Ulrike hatte ihn nicht ausgehalten, den Mief. Sie wollte wiederkommen, wenn man es hier ertragen konnte, hatte sie gesagt. Da half auch der Champagner nichts, den er mitgebracht hatte. Das war das letzte Mal gewesen, dass er sie gesehen hatte.

Der See hatte es versaut.

Er wachte auf und hörte etwas lange und anhaltend knirschen. Ein Geräusch, das Behrends beim besten Willen nicht einordnen konnte. Was war das? Sollte er um Hilfe rufen? Es musste ihn doch früher oder später jemand suchen. Michael, dachte er! Michael wusste schließlich, wo er war. Er musste versuchen, ihn anzurufen. Dann würde er ihn retten kommen. Er würde gerettet werden. Er lehnte sich zurück. Er konnte das alles immer noch nicht glauben. Er musste mal.

Schon seit einer gefühlten Ewigkeit musste er pinkeln. Er konnte keinen Gedanken mehr fassen, er musste so dringend, dass es schmerzte. Es war eine Qual. Er hörte Schritte. Schwere Schritte. Männerschritte. Die Tür wurde aufgestoßen. Der Ökoschrank trat ein. Er war so groß, dass er den Kopf einziehen musste. Dann blieb er stehen und guckte aus dem Fenster, als ob er auf dem See irgendetwas von Bedeutung entdecken könnte. Nichts. Behrends bekam es ganz plötzlich mit der Angst zu tun. Was, wenn sie beschlossen hatten, ihn zu töten?

Behrends konnte nicht mehr, er wies mit dem Kopf zwischen seine Beine, er grunzte und stöhnte. Joppe begriff. Beinahe mühelos nahm er ihn unter den Schultern hoch und brachte ihn raus. Er stellte ihn auf den Waldboden hinter der Hütte, machte seine andere Hand frei und blieb neben ihm stehen. Behrends war alles egal, er pisste und pisste und pisste und wünschte, er könnte ewig weiterpissen. Ein Gefühl von Glück durchströmte ihn.

Dann begann Joppe zu sprechen. »Es war nur dieser eine Satz.« Behrends drehte kaum merklich den Kopf zu ihm hin. Joppe blickte in den Wald. Er war sehr beliebt gewesen damals. Behrends erinnerte sich gut. Auch er hatte ihn insgeheim dafür bewundert, dass er, anscheinend ohne sich bemühen zu müssen, bei allen so gut ankam. Aber jetzt schien er unberechenbar geworden zu sein. Sein Schrei lag ihm noch in den Ohren. Behrends war wachsam, bereit, sich jederzeit wegzuducken, falls Joppe – keinen blassen Schimmer, wie der mit Nachnamen hieß – zuschlagen sollte. »Keine Diskussion. Ihr werdet abgewickelt«, fuhr Joppe fort, ohne sich umzudrehen. Er machte eine Pause und sagte dann tonlos: »Dieser eine Satz.« Pause. »Der saß. Das hat hier niemand vergessen.« Die Stimme klang bitter, aber die Wut schien verraucht, er würde wohl nicht mehr zuschlagen. Behrends kannte sich mit dieser Art Männern aus.

»'tschuldige dafür«, murmelte Joppe und deutete unbeholfen mit einer Hand in Richtung Behrends' Gesicht. Es sah anscheinend genauso übel aus, wie es sich anfühlte. Behrends war inzwischen fertig. Er stand da und Joppe neben ihm. Vor ihnen dampfte der Waldboden vom warmen Urin.

»Hast du eigentlich jemals an die Leute im Betrieb gedacht?«

Ach komm schon, viele von denen haben in anderen Unternehmen Arbeit gefunden, entgegnete Behrends in Gedanken, er sprach es lieber nicht laut aus, er blieb auf der Hut. Und er hatte außerdem die Befürchtung, dass niemand verstand, was er sagte. Der Lappen von einer Zunge lag riesig, schwer und unbeweglich in seiner Mundhöhle rum.

»Ja, das klingt gut.« Joppe blickte weiter irgendwohin in die Ferne und machte keine Anstalten, wieder reinzugehen. Behrends' Knie begannen zu schlottern. »Übernommen, umgeschult, Quereinstieg. Aber was, wenn einem was dazwischenkam? Wenn man nicht jung genug war, um alles stehen und liegen zu lassen. Oder wenn man Alkoholiker wurde. Oder einem etwas abhandenkam, was man zum Leben braucht?« Pause, dann fast unhörbar: »Die Frau, die man liebt, zum Beispiel.«

Behrends schluckte. Das war nicht fair. Jeder hat im Leben zu kämpfen. Da kann weder das alte noch das neue System was dafür. Er hatte Ulrike verloren. Für immer. Das hatte sie ihm klipp und klar deutlich gemacht. Er konnte schließlich auch nur sich selbst dafür die Schuld geben. Nicht dem Westen. Oder sich sonst einen Sündenbock schaffen. Jeder muss sich doch selbst helfen, antwortete er wieder im Stillen.

»Während ihr alles verkauft habt, haben wir uns die Köpfe zerbrochen, wie es weitergehen könnte«, fuhr Joppe fort. »Wir hatten Kredite angefordert, um weiter forschen zu können. Wir hätten es schaffen können. Das erste deutsche Bakteriophagen-Forschungsinstitut. Unsere Phagen wären doch nicht so wie die vielen anderen Produkte gewesen, die auf den Osteuropamarkt angewiesen waren. Es war eine ganz eigene Forschung. Aber die Kredite wurden abgelehnt.«

Ja gut, es war ein Schock gewesen. Und es ging schnell. Aber am Ende ist doch auch was Neues entstanden. Sogar hier, in der Ödnis rund um den verfluchten See: Golfplätze, Hotels.

»Wir wollten keinen Wohlstand geschenkt. Wir wollten eine Chance.« Jetzt drehte sich Joppe zum ersten Mal um und blickte Behrends in die Augen. »Aber das lief ins Leere. Von uns wird keine Spur bleiben.« Und nach einer Pause: »Wir sind die, die es nie gab.«

Aus dem deutschen Osten kommen wir – und die Wessis sind genau so doof wie wir. Behrends musste auf einmal an das Lied denken, das eine Schulklasse damals vor der Eisdiele gesungen hatte. Er hatte sich ein letztes Mal mit seinen Eltern treffen wollen. Ja, zugegeben, auch um ein wenig damit anzugeben, dass er es geschafft hatte. Dass er über Nacht ein reicher Mann geworden war. Doch seine Eltern haben ihn sitzen lassen. Sie kamen einfach nicht. Sie wussten natürlich, was alle über ihn sagten, Wendehals und so. Aber dass sie ihn nicht mal anhören wollten, kränkte ihn dann doch.

Jetzt packte Joppe ihn wieder, diesmal um die Hüften. Behrends schrie auf, so weh tat es. Er musste doch noch mehr abgekriegt haben bei dem Sturz. Joppe brummte entschuldigend, nahm ihn unter der Schulter und hievte ihn zurück in die Hütte.

Drinnen sprach Joppe weiter: »Weißt du – irgendwann ist der letzte Rest Kraft einfach verpufft – und dann macht alles keinen Sinn mehr.« Erschöpft ließ Joppe die Arme sinken.

Behrends zuckte mit den Schultern. Das war doch alles nicht sein Problem. Er konnte dieses elendige Gejammer nicht mehr ertragen. Er war kurz reingefallen auf das »Gemeinsam sind wir stark«-Gelabere, aber jetzt reichte es ihm. »Ich habe geschuftet wie ein Tier«, sagte er mit zusammengepressten Zähnen. Jedes Wort dröhnte in seinem Kopf. »Es ist mir nichts geschenkt worden. Ich hab mir jede Mark verdient, verdammt noch mal!«

Joppe drehte sich zu ihm um und blickte Behrends ernst an: »Von welcher Arbeit sprichst du? Wir haben daran geglaubt, gemeinsam etwas aufzubauen – das war Arbeiten für uns.«

»Das ist nicht dein Ernst, oder? Guck dir doch deine Glatze an! Die haben mit euch gemacht, was sie wollten! Du hast doch nicht mehr im Ernst an das geglaubt, was die gesagt haben!?« Behrends fasste sich und fügte ruhiger hinzu: »Was ist denn jetzt mit dem Geld?«

Joppe antwortete seelenruhig: »Du kannst dich nicht freikaufen. Diesmal nicht.« Joppe legte ein paar Holzscheite in den Ofen. Er brummte nachdenklich und wiegte dabei den Kopf langsam hin und her, ob es noch was hinzuzufügen gäbe. Dann ging er aus der Hütte und schloss die Tür.

Sascha fühlte sich auf einmal unendlich müde. Wie spät war es überhaupt? Er hatte jedes Gefühl für die Tageszeit verloren. Es wurde schon wieder dunkel. Es war aber auch gar nicht richtig hell gewesen. Es erschien ihm alles so furchtbar sinnlos. Coco war sicher längst weg, wahrscheinlich mit dem BMW. Sie hatte ein Gespür dafür, wann es besser war zu gehen. Zumindest musste er sich um sie keine Sorgen machen.

Er blickte auf den See, der im Dämmerlicht kaum noch zu erkennen war – in der Ferne am anderen Ufer leuchteten die Lichter einer Uferstraße wie eine orangene Kette durch das zentnerschwere Dunkel. Das Sirren war verschwunden. Die Stille schien mit ihm zu reden. Aus allen Ecken raunte und wisperte sie ihm zu. Sie kam aus dem Wald und kroch das Seeufer herauf, sie wollte ihn holen.

Er sah sich von oben in diesem jämmerlichen Zustand in der Hütte und verstand mit einem Mal: Er war vollkommen alleine.

5. Eine Wohnung im Prenzlauer Berg

»Ich habe einfach aufgehört mit dem Essen.« Aki, die Saxofonistin aus der Band, machte eine wegwerfende Handbewegung, verlor dabei ein bisschen das Gleichgewicht und musste sich an der Tischplatte festhalten. Sie saßen alle um den Tisch herum, der aus der Hälfte der Flügeltür und zwei Tapezierböcken bestand. Fränkie wieherte unpassenderweise. Natürlich hatte er mitbekommen, dass alle die Treppe hochkamen und saß jetzt – Überraschung! – mit am Tisch. Sie hatten sich damit abgefunden. Er suchte nicht Anschluss, er nahm ihn sich. Chris und Kiki hatten Gulasch gekocht. Sie feierten ihren Einzug. Das Essen war schon lange vorbei, Kiki fühlte sich geborgen.

»Sie hatten ihren Tennisclub und ihre Kreuzfahrten, ihre neuen Kinder, kleine süße Kinder, und dabei ganz vergessen, dass es auch noch eine große Tochter gab.« Aki schenkte sich Wein nach. »Ich wollte nicht erwachsen werden. Ich wollte auch ein kleines süßes Kind bleiben. Ich wollte keine Menstruation.« Aki kippte ihren Wein runter, als wäre er Wasser, und verzog den Mund. »Es hat geklappt. Wenn man nichts isst, kommt kein Blut.«

»Und ich dachte immer«, sagte Kiki, »bei euch im Westen sind die Mütter zu Hause und kümmern sich von morgens bis abends um ihre Kinder.« Sie machte eine Pause. »Unsere Eltern waren im

Grunde nie da, sondern im Betrieb. Ich hab immer gedacht, wenn mir mal was Schlimmes passieren würde, dann würden sie sich um mich kümmern. Immer wieder habe ich Staub aus den Ecken geholt, habe ihn mit Spucke zu einer einzigen dunklen Soße gerührt. Dann habe ich die schwarze Pampe in eine Wunde gedrückt, ganz tief rein. Und gerieben. Ich wollte, dass der Schmutz in den Körper geht. Ich wollte, dass der Körper aufgibt. Ich wollte eine Blutvergiftung. Ich glaub, ich war elf oder zwölf Jahre alt. Mein kleines Zimmer war das sauberste in der ganzen Wohnung.«

»Warum ist man bloß so abhängig von ihnen in dem Moment im Leben, wo man sie eigentlich nicht mehr braucht?« Aki stellte die leeren Teller übereinander, und Chris stand auf und half mit. »Das ist doch falsch eingerichtet von der Natur!« Fränkie lachte laut, als hätte sie einen guten Witz gemacht. Dann sagte er: »Ick hab uns noch wat Feines mitgebracht.« Und er holte eine Flasche Rum unterm Tisch hervor. Eifrig schenkte er jedem Einzelnen ein. Proteste ließ er nicht gelten.

Später saßen Kiki und Aki in dicke Decken gehüllt auf dem kleinen Balkon. Die kalte Luft hatte sie wieder nüchtern gemacht. Die anderen hatten ihre Instrumente ausgepackt, drinnen war es zu laut, um sich zu unterhalten. »Stimmt es, dass im Osten im Kindergarten alle Kinder zusammen aufs Klo gehen mussten?«

»Ja, na ja, es gab eben eine feste Reihenfolge, war doch praktischer so«, gab Kiki zu. »Wir kamen ziemlich schnell alleine klar. Das war das Hauptziel in meiner Erinnerung. Aber später in der Schule, da haben wir auch gelernt, die Strukturen zu umgehen. Auch darin waren wir dann ziemlich schnell ziemlich gut.«

Aki kam aus einem Dorf in Hessen. Sie war so voller Energie, dass Kiki sich manchmal fragte, wie sich ein Leben mit so viel Druck überhaupt aushalten ließ. Wenn sie auf eine Party kam, dann war es, als hätte jemand eine Granate durchs Fenster geworfen. Alle waren plötzlich auf den Beinen, gaben ihr Bestes – und Aki ließ sich dafür bejubeln, als wäre sie auf der Bühne. Es lag nicht am Aussehen, das war eher durchschnittlich, es war ihre Art. Ihr entging nichts. Sie konnte ganz plötzlich eine Idee haben, so wie gestern: Lass uns zu den alten Botschaften fahren und gucken, in welche man noch reinkommt! Es war nie langweilig mit Aki. Und auf einmal verband sie etwas. Sie hatten ihre Vergangenheit miteinander geteilt. Das machte Kiki ein bisschen stolz, obwohl sie natürlich wusste, dass sie niemals das Selbstbewusstsein von Aki erreichen würde. Früher galt Kiki als selbstbewusst und stark. Nach außen hin strahlte sie das auch immer noch aus. Sie hatte es irgendwie geschafft, sich nichts anmerken zu lassen. Aber in ihrem Innern tat sich der Abgrund auf, immer wieder und immer vollkommen unerwartet.

Unter ihnen zogen grölend ein paar Besoffene die Straße entlang. Es war nicht zu verstehen, worüber sie sprachen. Dass sie sich überhaupt untereinander verstanden, war vollkommen unvorstellbar. Aber es war ein Gespräch, so viel stand fest.

»Und dabei kann ich mich eigentlich nicht beschweren«, sagte Kiki. »Eigentlich habe ich ja sogar vier, nein sogar fünf Eltern. Nur Billa ist jetzt nicht mehr da.«

»Wie meinst du das, fünf Eltern?«, fragte Aki und brüllte nach unten: »Ihr habt so was von recht. Ich wähl euch, meine Stimme habt ihr!«

»Enge Freunde, eigentlich Kollegen. Aber die haben alles geteilt, auch die eigene Tochter. Wenn man Fotos von mir als Baby sieht oder das Einschulungsbild – immer fünf stolze Eltern um mich herum.«

»Komm runter, oder ich komm rauf!«, brüllte einer der Besoffenen zu einem Balkon, von dem jemand »Ruhe!« geschrien hatte.

»Wow! Dann konntest du dir immer den Passenden raussuchen«, bemerkte Aki. »Bei mir war es andersrum. Ich musste die Eltern teilen. Wir waren sieben. Fünf Kinder, aus zwei, nein drei Ehen, ja, ich weiß.« Sie rollte die Augen, was sehr lustig aussah, viel zu übertrieben. Kiki musste kichern. Aki schien sich darüber zu freuen. Die beiden lachten. Gegenüber eskalierte die Situation, vom Balkon flogen rohe Eier, zwei Besoffene stürzten durch die Haustür ins Treppenhaus nach oben. Aki und Kiki lachten noch immer, als die Polizei vor dem Haus hielt. Die Besoffenen waren schon längst weitergezogen. Man hörte sie noch ein paar Straßen weiter grölen.

Aki hätte keine Angst vor Jens. Sie würde sich nicht einschüchtern lassen. Aber Kiki hatte seinen dumpfen Zorn zu spüren bekommen. Weggehen und nie mehr wiederkommen – das hatte sie sich geschworen. Und jetzt, seit es Paula gab, musste sie noch mehr aufpassen.

»Ich versteh bis heute nicht, warum meine Eltern geblieben sind. Sie waren doch noch nicht zu alt, um was Neues zu finden?« Durch das Fenster beobachtete sie, wie Fränkie drinnen auf dem Flügeltür-Tisch tanzte. Er stampfte und hielt die Rumflasche in erhobener Hand. Eins konnte er richtig gut, dachte Kiki, das musste man ihm lassen: trinken. Er würde demnächst einfach umkippen, das kannte sie inzwischen. Chris und Flo hielten die Tischplatte fest so gut es ging. Sie schienen sich bestens zu amüsieren.

Kiki blieb auf Distanz. Die Sache mit dem Alkohol blieb ihr suspekt. Sie hatte gesehen, wie sie gesoffen hatten, bis sie nicht mehr laufen konnten, wie sie mit den Flaschen nach wehrlosen Menschen warfen, wie sie sich mit Baseballschlägern bewaffneten, wie sich ihr Hass Bahn brach, der ganze unergründliche Hass.

Aber Fränkie war anders. Er würde es nicht zulassen, dass ihr hier im Haus jemand etwas antat, egal wie viel er intus hatte. Denn Fränkie konnte etwas, was sie noch nie vorher gesehen hatte – er konnte von der besten Trinkstimmung, grölend und lachend, von einem Moment auf den anderen wieder klar sein. Wenn jemand sich in seiner Bar schlecht benahm, setzte er ihn wortlos und vollkommen bestimmt vor die Toreinfahrt auf die Straße, um gleich danach wieder für beste Stimmung hinter der Bar zu sorgen.

Eines Nachts polterte er durchs Treppenhaus, hämmerte übertrieben laut an die Tür, während unten der Barbetrieb weiterlief, und als Kiki verschlafen öffnete, winkte er zwei schmächtige Jungs aus dem Dunkeln des Treppenhauses hervor, die eine Keramikspüle auf ihren Schultern trugen.

»Waschbecken«, grunzte Fränkie stolz mit einer kleinen Verbeugung, sodass man wieder einmal nichts sagen konnte, weder »Danke« noch »Nein danke«. Es war einfach so, von Fränkie beschlossen. Es war ein riesiges Ungetüm, wahrscheinlich aus einer Restaurantküche. Dann ließ er sich von Kiki den Werkzeugkasten bringen und schloss das Ungetüm in der Küche unter dem Wasserhahn an. Es tropfte ziemlich. »Da muss vielleicht 'n Eimer drunter«, sagte er knapp und besah sich mit zufriedener Miene sein Werk. »Fertig.« Dann war er auch schon wieder draußen. Als Gegenleistung war er eben Dauergast.

Aki zündete zwei Zigaretten an und reichte Kiki eine. »Es gibt bestimmt in jedem Leben diesen Moment, in dem man plötzlich die eigenen Eltern nicht mehr als Kind sieht. Das ist unendlich schmerzlich, man verliert die größten Vorbilder und Beschützer, die man je hatte, man fühlt sich nackt und klein – und gleichzeitig ist er endlich da, der lang ersehnte Befreiungsschlag.« Sie rauchte. Dann fuhr sie fort: »Und manchmal ist es auch eine Überraschung. Sie werden irgendwie unberechenbar.«

»Gibt es jemanden aus deinem Dorf, den du vermisst?«, fragte Kiki. Sie dachte an Joppe. Seit sie in Berlin lebte, hatte sie nichts mehr von ihm gehört.

»Hm, vielleicht meine Katze?«, sagte Aki und lachte. »Nein, die Menschen in dem Kaff haben ihre Sicht mit jedem Jahr mehr und mehr eingeschränkt, und jetzt sind sie kurzsichtig geworden. Sie stehen kurz vor dem Erblinden. Was wirklich schade ist. Ich könnte mir aber schon vorstellen, dass es lustig wäre, auf dem Land zu leben – wenn man alle Freunde mitnehmen würde.«

»Ah, die Kommune! Davon träumt ihr im Westen alle, oder?«

Das kannte Kiki schon von Chris. Aki lachte. »Wir bleiben eben die Hippies, da kann man nichts machen. Die Punks seid ihr: Ihr habt die Mauer gestürmt.«

6. Das Haus des Architekten

Erika holte den Glasreiniger – den sie schon längst aus Essig, Stärke und einigen Tropfen Pfefferminzöl selbst ansetzte – und begann die große Fensterfront zu putzen. Ihre Häuser, das Putzen, ihre ganze Welt war zur Nebensache geworden. Aber das Putzen half ihr, einen klaren Kopf zu behalten. Sonst hätte sie es nicht bis hier geschafft. Der See war in dem dichten Nebel nicht zu sehen. Ein hellgraues Loch öffnete sich, undurchdringlich und endlos hinter den schwarzen Eichen. Die tausendfach verzweigten Äste sogen einen in die helle Schwerelosigkeit dahinter.

Die Welt war hier zu Ende. Dahinter kam nichts mehr. Der Nebel schluckte die Welt. Und sie steckten fest. Wir müssen aufpassen, dachte Erika, sonst schluckt er uns auch.

Els und Joppe taten so, als gäbe es einen Plan. Aber als Erika mittags eine Suppe in die Hütte gebracht hatte, bekam sie eine Ahnung davon, dass Sascha Behrends nicht immer der kränkliche Gefangene sein würde. »Niemals!« Behrends Augen funkelten voller Zorn. »Niemals kommt ihr damit durch! Denkt ihr nicht nach? So bescheuert kann man doch gar nicht sein! Wenn ihr euch nicht mit mir einigt, dann seid ihr am Arsch! Ihr kommt damit nicht durch! Ihr sitzt schon viel zu tief drin. Was ihr macht, ist doch total bescheuert, vollkommen hirnlos! Ihr denkt, ihr wisst, was ich fühle? Was in mir drin los ist? Nur weil wir aus demselben Kaff kommen, ticken wir doch nicht gleich! Ich mach euch fertig, wenn das hier vorbei ist, so was von fertig!«

Als sie die Hütte verließ, rannte Erika beinahe. Zum Glück hatte sie daran gedacht, ihm das Handy aus der Tasche zu nehmen, bevor sie ihm die eine Hand frei gemacht hatte. Die anderen konnten stolz auf sie sein. Wenigstens sie behielt einen klaren Kopf.

Gestern Abend hatten sie darüber diskutiert, was werden sollte. Zu viele Emotionen. Das war nicht gut. Sie musste die Gefühle der anderen drosseln. Drosselbart und Söhne.

Joppe und Martina waren dafür, dass Behrends sich verantworten sollte für seine Täuschung, und zwar vor Gericht. »Alle müssen es mitkriegen. Sonst führt es nicht weiter. Sonst wird es sich immer und immer wiederholen. Wie die Metamorphosen.« Joppe holte aus: »Obwohl es bei Ovid ja auch nicht in der Hand der Menschen liegt. Ihre Verwandlung ist fast immer die Strafe oder Rache der Götter. Manchmal allerdings ist es auch eine Belohnung. Dann ist die neue Gestalt eine unverhoffte Chance.«

»Und die kann man nutzen – oder aber auch versauen«, hatte Martina entgegnet. Joppe war klug, aber leider viel zu verkopft, wenn es um praktische Strategien ging. Und manchmal verheddertete er sich auch heillos in seinen Thesen. So wie jetzt. Er brummelte unzufrieden vor sich hin.

Els war dafür, Behrends direkt zu erpressen. Alles andere würde zu lange dauern. Er sollte seine Lektion erhalten und bezahlen.

Erika polierte das Glas. Sie durften jetzt nur nicht die Nerven verlieren. Für Hermann war das schwer. Martina hingegen blühte wieder richtig auf. »Vielleicht geht es doch noch weiter mit uns«, hatte sie gesagt. Ob sie damit sich und die anderen oder sich und ihre Phagen meinte, blieb unklar. Sie hatte ihren Traum nie ganz aufgegeben. Martina konnte es nicht vor ihnen verbergen, nicht hinter ihren Rezepten, nicht hinter ihrem Geplapper und nicht hinter ihren Geschichten vom Amt – sie wollte weitermachen, forschen und entwickeln.

»Manchmal muss es eben erst mal knallen, bevor man losssprintet. Startschuss eben«, hatte sie nachdenklich gesagt, als sie zusammen durch das Gestrüpp in Richtung Taucherhütte gelaufen waren. Sie hatte sich entschieden. Das Leben war eine Formel, und man musste eben auch mögliche Zwischenreaktionen mit einberechnen, um zum gewünschten Ergebnis zu kommen.

»Ich hab wirklich nicht mehr dran geglaubt, dass ich irgendetwas beitragen kann, also so richtig forschen, meine ich.« Martina guckte Erika an, schief wie immer und ungewöhnlich nachdenklich. »In der Pfalz, da war ich für die Reinigung der Laborgeräte zuständig, verstehst du, Erika? Die haben mir einfach nicht mehr zugetraut. Weil ich aus dem Osten bin. Und ich, ich wurde immer kleiner und kleiner.«

Sie waren fast bei der Hütte. Auf dem weitflächigen Werksgelände türmte sich zwischen den Birken der Müll der letzten zwölf Jahre. Ganze Berge von Müll, darunter Kühlschränke, Autowracks, ganz zu schweigen von den leeren Flaschen und Bierdosen, die immer noch genau markierten, wo die Partys in den leeren Hallen stattgefunden hatten. Dann wurde die Anlage abgerissen. Den Müll hatte man liegen gelassen.

Martina bog die Äste der Bäume und Büsche mit beiden Händen zur Seite. Sie ging Kopf voran, als würde sie mit gezücktem Schwert in eine Schlacht ziehen, sie wurde immer schneller. »Ich hab mein Leben lang daran geglaubt, mal was zu bewirken. So was wie ein kleines Wunder. Nur eins, verstehst du. Eins im Leben. Dafür wollte ich alles aufs Spiel setzen, ohne Zurückhaltung, ohne Reserve.« Erika verstand. Mit den Phagen hatte sie ihr Wunder gefunden. Es musste nur noch die Kraft für die Symbiose aufgebracht werden. Martina umrundete die Bäume, durchquerte das Bodengestrüpp, guckte sich um, ob Erika ihr folgen konnte. »Und dann fiel alles zusammen. Peng! Kartenhaus kaputt. Ich habe aufgegeben. Ich habe mich damit abgefunden, gescheitert zu sein.« Dann blieb sie stehen und nahm Erika an den Schultern: »Aber jetzt kann ich auf einmal wieder dran glauben, Erika, dass es vielleicht doch noch weitergeht!«

Am Ende des Geländes ragte zwischen einigen Eichen eine Ruine in die Höhe. Die Villa – so nannten sie alle das alte Gutshaus auf dem früheren Werksgelände, das erst jahrelang leer stand und dann zu einem Erholungsheim für die Mitarbeiter ausgebaut wurde – lag wunderschön auf einer Halbinsel. Jetzt war alles überwuchert. Sie gingen bis zu dem kleinen Strand vor, an dem die Taucherhütte stand. Dort befand man sich genau an dem Punkt, den man den Gipfel nennen würde, wenn es ein Berg wäre und kein See. Sie standen nebeneinander und überblickten die ganze mächtige spiegelnde Fläche, die eine andere, geheime Welt unter sich verbarg. »Und wenn ich vorher ins Gefängnis muss«, sagte Martina und schüttelte ihren Igelschopf. »Danach geht's nach Tiflis.«

»Hast du gar keinen Bammel?«, fragte Erika.

»Worauf du dich verlassen kannst.« Martina gackerte übermütig.

Martina tat Erika gut. Sie machte Erika sich selbst gegenwärtiger. Erika dachte nicht darüber nach, dass es vielleicht nicht gut ausgehen könnte. Sie dachte auch nicht darüber nach, ob das, was sie taten, richtig war. Es verlieh ihr eine unglaubliche Kraft für den Moment – und die konnte sie brauchen. Sie spürte sich selbst. Und Behrends würde es überwinden. Er würde früher oder später in sein altes Leben zurückgehen. Er würde sich nicht ändern, so wie Joppe es sich erhoffte. Daran glaubte Erika nicht. Menschen verändern sich nicht. Aber Erika hatte auch keine Vorstellung, wie es weitergehen sollte, wenn es gut ausginge. Und was bedeutete das überhaupt: gut ausgehen?

Sie holte sich ein paar Bücher, um die Fenster so weit oben wie möglich putzen zu können. Ganz oben kam sie nicht ran, das würde warten müssen.

Sie wusste gar nicht, was sie sich wünschen sollte. Sie wollte eigentlich wirklich nur, dass es so blieb, wie es war. Und dass sie es irgendwie schafften, aus der Sache wieder rauszukommen. Weiter dachte sie im Moment nicht. Dafür fehlte ihr die Kraft. Sie dachte nicht nach vorne und nicht nach hinten. Sie putzte das Fenster.

Erika ging in den Keller, um die Wasserzuläufe im Saunabereich zu überprüfen. Dann war sie hier beim Architekten erst mal durch. Schon bevor sie die schwere Tür geöffnet hatte, wusste sie, dass etwas nicht stimmte. Es war kalt. Das Fenster stand gekippt. Und dann sah sie die Bescherung: Die Waschbären waren umgezogen. Es war ihnen nicht zu verübeln. Hier hatten sie es etwas komfortabler als in der hohlen Eiche, und sie hatten es sich auch in jedem Winkel des großen Raums gemütlich gemacht. Alles hatten sie aus den Regalen gepfeffert, Bücher, Muscheln, Steine, getrocknete Blumen in kleinen Vasen, die jetzt zertrümmert am Boden lagen. Eine Liege in der Ecke war über und über mit Kot verschmiert. Obwohl sie wusste, dass es ein Haufen Arbeit werden würde, alles wieder sauber zu kriegen, musste sie schmunzeln. Die Waschbären hellten ihre Stimmung auf. Noch vor zwei Tagen hatte sie diesen Ausdruck von Els gehasst, aber jetzt sagte sie die zwei Worte laut vor sich hin, und jedes Mal gefielen sie ihr etwas besser: Spieß umdrehen, Spieß umdrehen, Spieß umdrehen.

7. Im Hinterhof, Prenzlauer Berg

Kiki bog um die Ecke und sah den Platz am Ende der Straße. Die Laternen warfen orangene Lichtinseln auf die rechteckigen Gehwegplatten. Kikis Beine und Arme hingen schlaff von ihrem Körper wie nasse Lappen, aber ihr Kopf war pure Energie. Wie das zusammenpasste, wusste sie selbst nicht so genau. Seit sie das Grafikstudium angefangen hatte, fühlte sich ihr Leben zum ersten Mal echt an, als hätte sie eine Bremse gelöst. Irgendetwas war in Gang gekommen, ein Zug rollte los. Sie wollte nie wieder stillstehen. Sie ignorierte die Schlaffheit an ihrem Körper, sie lachte sie aus.

Sie betrat den Hinterhof. Es war viel zu kalt, aber die Leute saßen trotzdem vor der Garage, Fränkie hatte ein Feuer gemacht. Punkmusik dröhnte aus dem Häuserkessel in den Nachthimmel hinauf. Es war Wochenende, Samstagnacht. Auf Fränkies Arm saß Paula. Als sie Kiki sah, kam sie zu ihr gerannt. Chris war nicht zu sehen.

»Hi, Süße, erst mal einen Herzenswärmer?« Fränkie reichte ihr die Wodkaflasche. Kiki lächelte und winkte ab. Sie trank schon lange nicht mehr mit, wenn die Flaschen rumgingen. Da waren Bilder von früher, die sie davon abhielten, einzelne Fetzen bloß, unzusammenhängend, aber von einer Brutalität, die jetzt, im Nachhinein, wehtat.

Chris kam aus dem Schuppenklo. Sie umarmten sich zu dritt. Hinter ihnen wieherte Fränkie. »Ich werd dann mal«, sagte Chris.

Er musste zum Auftritt im Theater. Als er schon fast durch die Hofeinfahrt durch war, kam er noch einmal zurück und rief ihr zu: »Bin gleich wieder da!« Diese Worte sagten alles, alles, was gesagt werden musste. Sie war nicht alleine. Sie spürte die Wärme in ihrem Inneren. Sie war gewappnet für die kalte Nacht.

»Das ist das Todesurteil!« Ein Typ im gefütterten Wildledermantel hielt einen Brief in die Höhe. Er wedelte damit durch den Rauch, bis das weiße Papier schwarze Flecken bekam. Die anderen nickten. Sie alle hatten inzwischen Briefe bekommen, Abmahnungen, fristlose Kündigungen.

»Die wollen uns hier rausekeln«, rief eine Frau aus dem Fenster im ersten Stock. Sie hatte sich ihre Decke umgehängt und saß auf dem Fensterbrett. »Erst das Gerüst, dann die Ratten.«

»Und wehe, ihr kuscht nicht«, sagte einer im blau-weißen Skianzug. Die neuen Eigentümer hätten ihm ein paar Häuser weiter das Leben zur Hölle gemacht: »An einem Morgen standen plötzlich Handwerker vor der Tür. Die sind dann rein und haben ohne Erklärung das Fenster in der Küche ausgebaut und den Strom gekappt.« Die Stimmen am Feuer wurden laut. »Du musst dich wehren! Das dürfen die gar nicht.«

»Mann, drei Wochen ohne Strom – wir haben kein' Bock mehr«, erklärte der Skianzug. »Bei unseren Nachbarn haben die einfach das Schloss ausgetauscht, als die nicht da waren.«

»Psycho«, sagte einer. Ansonsten herrschte bedrückte Stille.

»Am Samstag ziehen wir um. Ach so: Kann vielleicht jemand von euch mit anpacken? Ist nur eine Straße weiter. So lange, bis es da auch losgeht.« Einige lachten.

»Ich öffne diese Briefe nicht.« Fränkie hatte seine eigenen Methoden. »Ich sitz das aus. Die müssen mich hier schon raustragen.«

»Mein Nachbar hat erzählt, er kennt einen, der hat zwanzigtausend bekommen. Abfindung. Aber er war der Letzte im Haus. Hat ein Jahr hinter einer blickdichten Plane am Gerüst gelebt«, der

Wildledermantel ließ sich von Fränkie nachschenken. Und der hatte keine Lust auf dieses Thema. Er drehte die Musik lauter. Hier war er der Boss.

Der Hinterhof war eine Insel. Hier auf ihrer Insel war es egal, woher man kam, ob Osten oder Westen spielte keine Rolle. Die Sofas waren für alle da, jeder durfte hier sein, was er wollte. Sie feierten, sie wollten vergessen, dass es zu Ende ging, dachte Kiki. Denn natürlich konnten sich diese günstigen Mieten nicht ewig halten. Es war absurd zu denken, dass die Welt an dieser Stelle stehen blieb, nur weil es für sie gerade gut passte, so wie es war. Alle wussten es. Aber dennoch: Auch Kiki hatte es geglaubt. Es war doch erst der Anfang. Der Zug hatte doch noch gar nicht die Höchstgeschwindigkeit erreicht. Und sollte schon wieder ausgebremst werden? Das durfte und konnte nicht sein. Es kam ihr noch immer vor, als redeten die anderen nur von sich, als beträfen die Briefe Chris und sie gar nicht. Sie brachte Paula hoch in die Wohnung und wartete am Bett, bis sie eingeschlafen war. Dann ließ sie die Wohnungstür angelehnt und ging wieder runter. Das Treppenhaus war eingerichtet wie eine Wohnung, Sessel und Pflanzen auf den Absätzen, Poster an den Wänden. *Wir werden es gemacht haben können* stand auf einem Plakat auf dem letzten Treppenabsatz. Kiki mochte diesen Satz. Er versprach viel und ließ gleichzeitig alles offen. Sie sagte ihn sich auf, immer wieder und wieder, bis sie im Hof war.

Chris und Aki waren vom Auftritt zurückgekommen. Chris holte seine Trommel, und die beiden machten Musik am Feuer. Der Hinterhof füllte sich. Fränkie verkaufte seinen Wodka in Plastikbierbechern. Er war sehr guter Dinge. Das Inselgeschäft lief gut heute Abend. Aus der Anlage, die auf einem alten Bügelbrett stand, kam jetzt Fränkies Lieblingslied. Er hob seine Bierflasche und grölte zusammen mit Greta Schloch, dass er lieber 'ne Flasche Bier als Freund hat als 'ne Flasche als Freund.

Kiki war todmüde. Sie hatte sich einen Schlafsack geholt und war ein bisschen in der Sofaecke eingeschlafen. Als sie wieder aufwachte, tanzten einige, um sich aufzuwärmen. Es kam Kiki so vor, als tanzten sie verbissen, als tanzten sie mit einer Wut im Bauch, um den Zustand aufrechtzuerhalten, ihren Traum, aus dem sie nie und nimmer aufwachen wollten. Aus dem Efeu an der Mauer pfiffen die Ratten und rannten hin und her, als würden sie gejagt. Sie wussten es besser. Die Insel würde es nicht mehr lange geben. Das Hinterhaus stand bereits leer. Fränkie warf eine Bierflasche nach den Ratten. Sie ließen sich nicht stören. Sie pfiffen noch schriller.

Fränkie ließ von ihnen ab. Er hatte sich eine Decke umgehängt mit einem Adler hintendrauf. Er sah aus wie ein Indianerhäuptling. Er war der letzte Häuptling von Ostberlin. Er ging rum und verteilte seinen Kuchen. Der Kuchen vom Vortag, wie jeden Tag. Er lebte davon. Kuchen und Wodka. Kiki nahm sich ein Stück ohne hinzugucken. Es war Bienenstich. Das Land vom Indianerhäuptling würde untergehen, aber er, und da war sich Kiki sicher, er würde überleben. Er würde für immer seine filterlosen Karo-Zigaretten rauchen und für immer schlechte und frauenfeindliche Witze machen. Und er würde trotz allem die Leute um sich scharen und sich auf seine Art um sie kümmern. Er wankte. Gleich würde er umkippen. Zwei oder drei aus seiner Indianergruppe würden ihn dann in seine Wohnung bringen. Darauf konnte er sich verlassen.

8. Auf dem Parkplatz vor dem Baumarkt in KW-West

Seitdem der Weihnachtsbaumverkauf begonnen hatte, war die Hölle los auf dem Parkplatz vor dem Baumarkt. Aber jetzt war es dunkel, der Baumarkt hatte geschlossen, und langsam leerte sich auch der Parkplatz. Jemand knipste die Lichterkette über den kleinen und großen Tannen aus, die in der Mitte zu einem dichten Wald aufgestellt waren. Nur die Schlange vor dem Puffermobil wand sich endlos und beharrlich in Serpentinen bis zum Baumarkteingang. Es war stockdunkel und kalt. Joppe, Erika und Hermann saßen zu dritt vorne im Barkas und warteten darauf, dass die letzten Autos abfuhren.

Normalerweise liebte Erika diese Zeit – es war die einzige Zeit im Jahr, in der man vollkommen ungebremst dekorieren durfte. Und ihr Balkon wurde jedes Jahr Anfang Dezember zu einer bunten Glitzerinsel, die aus der Fassade aus grauer Steinplatte hervorleuchtete. Für die Abendzigarette war dann kaum noch Platz, man musste sich zwischen den schaukelnden Weihnachtsmann und den überladenen Tannenbaum quetschen. Aber dazu brauchte sie Muße. Gestern hatte sie notdürftig ein paar Lichterketten angebracht, damit niemand Verdacht schöpfte, dass dieses Jahr irgendetwas anders sein könnte als sonst.

Die Pufferschlange bekam auf einmal ein Hinterteil, das Meter für Meter von der Pufferluke geschluckt wurde. Els' rotes Käppi hüpfte in der erleuchteten Luke auf und ab, sie war in ständiger Bewegung.

»Wir müssen machen, was er sagt.« Hermann wischte mit dem Handschuh die Scheibe frei. »Es ist unsere einzige Chance. Das Geld ist mir egal. Wir können doch keine Strafe für Behrends bestimmen. Das kann nicht gut ausgehen! Wer sind wir denn? Selbst ernannte Rächer?« Hermann holte erschöpft Luft. Das waren viele Worte gewesen für ihn. Joppe zog die haarlosen Wülste über den Augen in die Höhe. Seine dichten Augenbrauen waren früher einmal sein Markenzeichen gewesen. Erika und Hermann sahen ihn immer noch mit Augenbrauen, auch wenn diese schon lange fehlten. Ihre Gehirne ergänzten einfach die fehlenden Haare in Joppes Gesicht, weil sie zu ihm gehörten. Die Wülste hielten die tiefen Furchen auf der Stirn fest, damit sie nicht über die Augen lappten.

»Ja, da hast du ja recht, Hermann. Aber – er kann doch nicht schon wieder damit durchkommen! Und sein Vorschlag mit dem Geld – das nimmst du dem Behrends doch nicht wirklich ab, oder?« Joppe war sichtlich überrascht. »Der spielt ein mieses Spiel. Der macht uns fertig, sobald er vom Ernst-Thälmann-Damm abgebogen ist. Wir müssen ihn vor Gericht bringen. Sonst sind wir auch nicht besser als er. Wir wollen dieses miese Spiel nicht länger spielen, dieses Ich-steck-dir-was-zu-und-dann-machst-du-was-ich-dir-sage-Spiel.«

»Ja, aber was, wenn er vor Gericht trotzdem irgendwie damit durchkommt?« Erika war sich bei der ganzen Sache nicht so sicher. »Und es kann uns eben nicht egal sein. Wir haben nämlich sehr wohl was zu verlieren. Wir haben uns hier wieder was aufgebaut.« Joppes Stirn zog wieder tiefe Furchen. Er brummte bloß.

»Es stimmt«, sagte Erika. »Die Aktion hat uns daran erinnert, dass wir auch noch da sind. Schön und gut. Aber wir können auch nicht immer dem Lauf der Geschichte ins Auge piken. Ich will nicht wegen der großen Gerechtigkeit noch mal bei null anfangen müssen.« Hermann seufzte. Das Raffaello-Papier knisterte. »Aber ich hab auch keine Ahnung, wie es weitergehen soll«, musste Erika zugeben.

Die Ungewissheit war schwer auszuhalten. Sie hatte es noch nie ertragen können, etwas aus der Hand zu geben. Sie machte immer alles selbst. Nie würde sie jemanden bitten, etwas für sie zu erledigen. Jetzt, wo sie nicht weiterwusste, fühlte sie sich wie ferngesteuert. Joppe brummte.

Hermann steckte sich ein Rafaello in den Mund, und während er kaute, wickelten seine Hände schon das nächste aus: »Was uns der Behrends genommen hat, das kann er uns nicht wiedergeben.«

Dann waren endlich auch die letzten Hungrigen vom Parkplatz verschwunden. Els winkte rüber, und sie zwängten sich aus dem Barkas hinein in das Puffermobil. Els machte die Küchenecke im hinteren Teil sauber. Sie setzten sich an den kleinen Tisch.

Erika dachte laut nach. »In der Hütte kann Behrends aber nicht bleiben. Er hat Fieber, er braucht was Wärmeres.« Erika sah sich in dem Wohnwagen um. »Vielleicht bringen wir ihn hierher – und der Pufferverkauf macht eine Pause?« Els schüttelte sich. »Sascha in meinem heiligen Pufferreich? Nur über meine Leiche!«

Erika brauchte Klarheit. Sie holte tief Luft. »Also, wir haben den Brief von Martina. Und Behrends kann uns verklagen wegen Körperverletzung und …« Sie stockte.

»… wegen Entführung, meine Liebe, Kidnapping.« Els wischte die Theke sauber und tat völlig ungerührt. »Wir müssen den nackten Tatsachen jetzt ma janz tief in die Augen gucken. Hilft allet nüscht.«

Erika schluckte. Entführung, sie waren die Entführer. Els nahm ihr Käppi ab, verteilte Zigaretten. Sie rauchten eine vorgezogene Abendzigarette.

»Was ist denn jetzt eigentlich mit Martinas Brief?«, fragte Els. »Wir müssen endlich rausfinden, ob der uns was bringt oder nicht. Und dann müssen wir entscheiden: Gericht oder Einigung.«

»Und wenn wir nichts in der Hand haben?« Erika spürte wieder die Panik aufsteigen. »Was, wenn der Brief nichts wert ist?«

»Dann sitzen wir in der Klemme«, sagte Els nachdenklich. »Denn Sascha lässt uns bestimmt nicht einfach laufen, wenn er frei ist. Ein Champagnerfrühstück im Interconti später, und der überlegt schon wieder, wie er uns fertigmachen kann. Menschen wie der ändern sich nicht.«

9. Das Haus des Architekten

Behrends horchte auf. Verdammt! Er musste wieder eingenickt sein. Das durfte ihm nicht passieren! Er streckte erst die Beine aus, dann die Arme. Er wackelte mit den Schultern, dann mit dem Hintern. Es gefiel ihm. Er ruckelte noch mal kurz und spürte nach, wie das Schwappen unter ihm langsam wieder gleichmäßiger und sachter wurde. Er nahm sich vor, sich auch so ein Bett zu kaufen, wenn das hier alles vorbei sein würde. Er war wieder zu Kräften gekommen hier auf dem Wasserbett. Den wievielten Tag saß er jetzt schon hier am See fest?

Es war still im Haus, er war alleine. Behrends rollte sich zur Seite, das Wasser unter ihm geriet in Aufruhr. Er spürte etwas in seiner Hemdtasche. Er tastete über seine Brust und lachte laut auf: Es war das Zweithandy, das Privattelefon! Behrends hatte die ganze Zeit über gedacht, er hätte es im Auto gelassen, aber es war in der Brusttasche vom Jeanshemd, versteckt unter dem Pulli – und sie hatten es nicht gefunden!

Diese Stümper! Jetzt würde dieser schlechte Witz schnell ein abruptes Ende finden. Und wie es bei guten Witzen so üblich war, gab es kurz vor dem Ende noch eine Wendung, die alles Vorherige ins vollkommen Lächerliche zog. Er würde den Lacher auf seiner Seite haben! Er strampelte freudig mit den Füßen und juchzte leise, als das Wasserbett unter ihm in völlig unbeherrschte Bewegung geriet. Er würde natürlich ordentlich Schadensersatz einklagen.

Allerdings war der Akku bald alle. Michael musste ihn hier irgendwie rausholen. Er drückte Michaels Namen an, er drückte OK, das Telefon wählte. Sascha verlor schon beim zweiten Klingeln die Geduld.

»Sascha? Bist du's? Wo ...«

»Michi, sag jetzt lieber nichts: Ich bin entführt worden. Irgendwelche Loser von früher, allen voran eine Putzfrau, Erika Grüning und zwei ehemalige Labormenschen aus dem alten Chemiewerk hier am See, denken, sie müssten mir einen Denkzettel verpassen. Erst war ich in einer Bretterbude, dann hab ich Fieber gekriegt, jetzt sitze ich in einem modernen Hochsicherheitstrakt fest, die Fenster sind mit Stahl-Klappläden verschlossen, man braucht einen Code, um Türen oder Fensterläden zu öffnen.« Sascha merkte, wie seine Stimme kippte. Was war das alles für eine Farce! Er konnte es immer noch nicht glauben!

»Okay, Sascha, beruhige dich, Sascha, beruhige dich! Gut, dich zu hören. Mann, ich hab mir schon ein bisschen Sorgen gemacht. Kein Anruf, keine Nachricht, und dann bist du nicht zur Party erschienen. Ich wusste, dass irgendwas passiert sein musste! Pass auf, Sascha, wir holen dich da raus. Wir werden einen Weg finden. Am besten du überlässt das mir. Unternimm nichts, das ist zu riskant! Und warte auf Informationen. Du musst herausfinden, wo das Haus ist.«

»Sie nennen es das Haus des Architekten.«

»Und von welchem Telefon rufst du an?«

»Ich hatte noch das andere, das Privathandy in der Hemdtasche.«

»Und das haben sie nicht gefunden? Das glaub ich ja nicht! Das kommt doch in jedem Tatort vor, dass jemand ein zweites Handy hat!« Michael lachte laut und wie immer ein bisschen zu lange. Dann wurde er wieder ernst. »Also, egal. Wichtig ist jetzt: Wir müssen ihnen ein Angebot machen, das sie nicht ausschlagen können.«

»An was denkst du?«

»Geld, Sascha, viel Geld.« Er holte Luft. »Vielleicht eine Dauerüberweisung für eine Zeit lang. Oder so etwas in der Art. Ich muss darüber nachdenken ... Das Zweithandy ...« Michael lachte immer noch beim Gedanken daran.

»Ach, die sind nicht so hart, wie sie tun. Die wollen bloß ein bisschen spielen. Wollen, dass ich einknicke, dass ich bereue und zugebe, dass ich schlecht gehandelt habe. Sie spielen immer noch das Anti-Kapitalismus-Spiel. Das Böser-Behrends-Spiel!«

»Unterschätz das nicht! Die haben dich in der Hand. Und das gibt ihnen Macht. Und, wenn es eine Sache gibt, die man mit Sicherheit behaupten kann, weil sie sich schon zigtausendmal wiederholt hat: Wer einmal Macht hat, der gibt sie nicht so schnell wieder her. Du denkst vielleicht, es sind Jammerlappen, aber ihre Macht über dich macht sie unberechenbar.«

»So 'n Quatsch! Du hast wieder zu viel *Tatort* geguckt. Die wissen doch selbst nicht weiter. Es sind und bleiben elendige Jammerlappen. Die würden nicht einmal mitkriegen, wenn sie eine Goldmünze in den Händen hielten. Michael, das verstehst du nicht – das haben die nicht gelernt! Sich selbst aus der Scheiße ziehen, stand nicht auf dem Lehrplan in der sozialistischen Staatskunde.« Behrends senkte seine Stimme wieder. »Ich versteh sie ja auch ein bisschen. Sie haben alles verloren nach der Wende. Alles. Die sind wirklich die Gearschten. Aber das ist doch nicht mein Problem, oder?«

»Na ja, ein bisschen schon, jetzt gerade, also ...«

»Also gut. Wir machen eine Dauerüberweisung. Es wird nicht so wehtun, weil Herr Kielow ja das Geld für den Kauf in den nächsten Tagen überweist. Und dann bin ich hier endlich raus, verdammt noch mal!« Er machte eine Pause und lauschte nach unten, ob jemand kam. »Und dann zeig ich die natürlich an. Wenn die glauben, sie kommen hier einfach so raus aus der Sache, dann haben die sich getäuscht.« Er lauschte noch einmal kurz, ob im

Haus was zu hören war. »Ach so, Michi, eine Sache noch. Es ist ein Schreiben aufgetaucht von damals, ein Brief vom Schütte, in dem steht, dass ich zu viel versprochen habe, also, um es kurz zu machen: Ich hab für die Unterschrift ein wenig nachgeholfen und gesagt, es gäbe schon Verhandlungen mit einem amerikanischen Pharma-Unternehmen. Hätte ja auch sein können! Das weiß ja im Grunde niemand. Also, die meinen jetzt, es sei eine betrügerische Absicht nachzuweisen. – Könntest du das mal prüfen für mich? Nur dass wir da sichergehen. Du bist doch besser als jeder Anwalt in solchen Sachen! Ich schick dir die Infos als Nachricht.«

»Wird gemacht, Sascha. Und dann machen wir weiter mit unserem Plan, stimmt's? Ich hab tolle Neuigkeiten von der Luftschiff-Halle, das könnte klappen, ich hab da ein super Gefühl.«

Sascha Behrends verdrehte die Augen. Dieses Aas! Er hatte es kommen sehen. Dem war jedes Mittel recht. Und jetzt, dachte er, er hätte ihn schön in der Hand. Aber nicht mit ihm! Es war schließlich sein Geld und seine Idee. Ski-Halle! Wie sich das schon anhörte, wenn Michael das immer sagte! Er sah Michael vor sich, wie er auf seiner Party allen von seiner genialen Ski-Halle erzählte. »Michi, hör mal, du bist mein Steuerberater und irgendwie auch mein Anwalt und natürlich auch ein Freund. Wir arbeiten schließlich seit Jahren zusammen. Aber einen Partner für den Palace kann ich nicht brauchen. Das muss ich alleine durchziehen. Das verstehst du doch, oder?«

Behrends biss sich auf die Lippen. Mist, damit hätte er vielleicht besser noch warten sollen. Das Schweigen am andern Ende verriet alles. Michael hatte darauf gesetzt, Partner zu werden. Aber Sascha war irgendwie auch erleichtert, jetzt herrschte Klarheit, das war nur fair. Ihre gemeinsamen Träume an den unterschiedlichsten Bars der Stadt waren jetzt ausgeträumt. Er wollte keinen, der sich in seine Idee reinseilte.

»Ach so, ja klar, hab ich kapiert.« Er war sauer, Behrends konnte es spüren. Er ärgerte sich, er hätte es ihm erst sagen sollen, wenn er hier wieder draußen war. Aber Michael hatte ihn mit seinem ständigen »Wir wir wir!« provoziert. Jetzt war es wahrscheinlich nicht wiedergutzumachen. Er würde sich einen neuen Berater suchen müssen. Für den Palace sowieso. Er legte auf.

Behrends fühlte sich leer. Da draußen ging das Leben weiter, und er saß in einer Designerhütte mit Stahl-Klappläden vor den Fenstern. Die Kahlköpfigen wollten, dass er bereute. Sie wollten, dass er wiedergutmachte. Vielleicht sollte er so tun, als würde er einlenken. Ansonsten kamen die nur auf dumme Ideen. Die Gut-gegen-Böse-Nummer würde alles Mögliche rechtfertigen. Nachher bringen die mich noch um, dachte er bitter. Bloß weil sie nicht wissen, wie sie aus der Nummer wieder rauskommen sollen. Behrends öffnete die Bar. Er goss sich einen Whiskey ein und sank in das weiße Sofa. Es war so unendlich weich, er fühlte sich darin versinken. Das würde seine neue Taktik sein: Wir sitzen doch im selben Boot, der Westen ist an allem schuld.

Er schaltete die Anlage an. Eine Klassik-CD. Er hasste Klassik, aber gegen die Stille war ihm alles recht. Es klang düster, gedämpft. Egal, Hauptsache laut. Behrends drehte auf volle Lautstärke. Die Musik wurde immer heftiger, immer bedrohlicher, sie schien ihn angreifen zu wollen, sie hatte sich mit der Stille verbrüdert, und jeder Ton zeigte ihm, wie alleine und verloren er war. Keine gute Idee. Er machte schnell wieder aus.

Immerhin, der Whiskey war gut. Endlich richtige Medizin. Er schenkte sich noch ein Glas ein. Er schluchzte, atmete tief ein und aus, um sich zu beruhigen und spielte dann eine Runde Snake auf dem Handy. Die Schlange füllte den kleinen Bildschirm immer mehr aus, wurde schneller und länger, bis sie sich irgendwann in den Schwanz biss. Ein neuer Rekord. Zufrieden drückte er auf »Neues Spiel«. Dann biss er sich auf die Lippen. Der Akku! Er musste aufhören, wenn er seinen Joker behalten wollte. Wenn Michael sich nicht beeilte, ihn hier rauszuholen, würde er durchdrehen.

10. Eine Wohnung im Prenzlauer Berg

Kiki schloss die Wohnungstür hinter ihnen. Im Flur stapelten sich bereits die Umzugskisten. Sie standen zwischen den Kistentürmen und der geschlossenen Wohnungstür und standen ganz dicht beieinander. Kiki schloss die Augen. Sie wollte die Nähe zu Chris festhalten und damit ihre Angst vertreiben. Sie wollte sich später an diesen Moment erinnern. Um dann darüber zu lachen, dass sie sich so entmutigt fühlen konnte. Sie beschloss, das alles auf ihre Erschöpfung zu schieben.

»Die Kellerwohnung war doch ganz nett«, sagte Chris und drehte sich vorsichtig zwischen den hohen Papptürmen zu Kiki um.

Sie hatten mehrere Wohnungen besichtigt. Eine Dreizimmerwohnung entpuppte sich als Kellergeschoss, eine Hinterhofwohnung war bloß ein Zimmer bei einem älteren Ehepaar, das ausdrücklich keine Kinder wollte, und bei der letzten Wohnung verriet ihnen die Nachbarin, dass der Vermieter für jede Wohnung einen Zweitschlüssel besaß und allen hinterherschnüffelte.

»Ja, nur der Ausblick war gewöhnungsbedürftig.« Kiki ließ sich die Enttäuschung nicht anmerken. Zum ersten Mal war ihr der Gedanke gekommen, dass die Wohnungssuche vielleicht doch länger dauern würde. War es ein schlechtes Zeichen für sie und ihre gemeinsame Zukunft, dass sie so schnell aus ihrer Wohnung rausflogen? Sie war, obwohl sie sich mit aller Vernunft dagegen wehrte, sehr abergläubisch. Schon immer. Die Zahl Drei brachte Glück. Alles, was sich durch drei teilen oder runterbrechen ließ, war gut. Alles andere war ein schlechtes Zeichen. Sie wusste, dass es vollkommen unsinnig war. Aber schon hatte ihr Kopf begonnen, die Kisten im Flur zu zählen. Sieben Kisten. Also fehlten noch zwei, oder fünf oder acht. »Wir haben so viel Arbeit reingesteckt«, sagte sie ein bisschen wehmütig und zwängte sich neben den Kisten durch in das große Zimmer.

»Nicht nur wir«, lachte Chris und kam hinterher. »Aber du weißt doch: Wer drei Monate in der gleichen pennt ...« und fügte hinzu: »Wir finden was, ganz bestimmt.«

Sie spürte plötzlich eine Wut auf Chris. Woher nahm er nur diese immerfröhliche Zuversicht? War das ein Teil seiner Wessi-DNA? Sie musste stark bleiben. Sie wollte nicht zusammenbrechen. Das führte nirgendwohin. Auch wenn die Aussicht nicht gerade aufbauend war: Alles wieder einpacken, die geblümten Vorhänge von den Stangen abhängen, die Chris' Vater unter derbsten bayrischen Flüchen an die schiefen Altbauwände gedübelt hatte.

Sie waren nicht wie Fränkie. Sie würden es nicht darauf ankommen lassen. Um sich Mut zu machen, sagte sie: »Die Abfindung ist ja auch ein Stück Freiheit, oder?«

Chris dachte das Gleiche: »Wir schreiben einen Aushang und hängen heute Nacht ganz Berlin damit voll«, rief Chris. »Und morgen haben wir die schönste und größte und billigste Wohnung der ganzen Stadt.«

Die ganze Woche schon hatte sich Kiki auf diesen Samstag gefreut. Chris hatte später einen Clubauftritt, und Paula war bei einer Freundin aus der Kita untergebracht. Mit Chris in die Clubs zu gehen war anders als alleine ausgehen. Man wusste nie, wo man landete – auf dem Hausdach einer leeren Fabrik oder in einer Kellerbar. Es war unvorhersehbar und alles möglich. Ein Cocktail, bei dem niemand wusste, was drin ist. Und das war ansteckend. Nichts war für die Ewigkeit, alles, was zählte war der Moment.

Wenn sie mit Chris nach seinen Auftritten unterwegs war, konnte sie alles vergessen. Oft kamen sie nach Hause, weckten die Nachbarin, der es nichts ausmachte, auf ihrem Sofa zu schlafen, falls Paula aufwachen sollte. Sie machten Kaffee und brachten Paula in die Kita. Dann fielen sie ins Bett. Es war ein Wahnsinnsrhythmus. Sie knipsten den Tag aus und wurden zu Nachtwesen.

Und niemand fragte: Bist du links? Bist du eine Zecke? Niemand achtete auf sie oder darauf, wie sie angezogen war. Niemand wollte wissen, ob sie Ossi oder Wessi war. Sie fühlte sich frei. Sie spürte sich selbst, sie spürte Chris. Sie spürte die Bässe und wusste, sie war am Leben. Es war ein Rausch.

Alles, was gewesen war, zählte nicht, alles, was noch kommt, war noch weit weg. Sie tanzten das Vorher und das Nachher weg. Der Kopf wurde leer. Sie brauchte das. Gerade jetzt brauchte sie das. Sie brauchte es auch, damit so etwas wie die Wohnungskündigung ihr nichts anhaben konnte. Die Gefahr lauerte in ihrem Kopf. Sie wusste es. Eine Enttäuschung konnte eine Mutlosigkeit auslösen, mit der fast immer auch die Angst wiederkam. Dagegen musste sie ankämpfen.

»Hast du mein rotes T-Shirt gesehen?« Chris war wieder im Flur, rief es aus dem Kistenwald.

»Das hat doch Paula für die Kita-Aufführung als Weihnachtswichtel-Kleid benutzt«, sagte Kiki.

»Ach so, na dann tauschen wir, und ich nehm eben Paulas rotes Kleid!«

Kiki musste lachen. Das rote Sommerkleid von Paula hatte gelbe Punkte und Tüll-Ärmelchen. »Wenn du es hinten nicht zuknöpfst, könnte es passen.« Sie wusste, dass es ihm zuzutrauen war – nur um sie wieder aufzuheitern. Chris hatte die Gabe, sie aufzufangen. Er war für sie da, einfach so. Er hatte noch nie nach der Narbe gefragt. Er hielt es aus zu warten.

Sie würde Chris von der Angst erzählen, von Jens, von ihrer Flucht. Sie würde versuchen, Worte zu finden für das, was tief in ihr schlummerte. Sie würde es zum ersten Mal herauslassen. Vielleicht heute Abend. Aber die Angst vor dem Unaussprechlichen war groß. Denn dann müsste sie auch erzählen, wie es am Anfang war, als sie alle noch in der Schule waren. Denn natürlich hatten sie alle mitgemacht. Es gab ja auch gar keine Alternative.

Kiki hing mit Jens und den anderen ab und beobachtete, wie diese stärker wurden, sich von pubertierenden Jungen hin zu aggressiven Jugendlichen entwickelten. Sie selbst trug zwar nicht dieselben Klamotten, aber sie wurde akzeptiert. Sie war gegen den Hitlergruß, den sie probierten, angeblich nur zum Spaß, aber das zu sagen, traute sie sich schon nicht mehr. Autofahrten ohne Licht, besoffen und viel zu schnell – das war nicht bloß Wochenende.

Als es mit der Ausländerhetze losging, wurde es ihr zu viel. Mit Gewalt wollte sie nichts zu tun haben. Sich dagegen zu entscheiden, bedeutete aber einen Sprung vom Steg ins flache Wasser. Kiki wusste, dass sie früher oder später dafür bezahlen würde.

Chris nahm sie in den Arm, einfach so. »Fränkie fragt, ob wir später in den Hof kommen zur Haus-Abschiedsparty«, sagte er.

»Die wievielte?«, fragte Kiki etwas gequält und lächelte.

»Es kommen bestimmt noch ein paar«, erwiderte Chris. »Also können wir es spontan entscheiden.«

»Ich wollte ja noch die Porträts machen«, sagte Kiki nachdenklich. »Das hab ich Fränkie versprochen. Vielleicht ist diese Party ganz gut dafür.« Jetzt würden die Bilder etwas festhalten, was schon bald vorbei sein würde. Fränkies Inselreich. Damit bekamen die Fotos eine ganz neue Bedeutung. Das gefiel Kiki einerseits, andererseits fand sie, dass der Preis dafür sehr hoch war.

11. Das Haus des Architekten

Erika und Martina gingen im Schatten der Böschung bis zum Haus und dann weiter zum Seiteneingang. Eine Treppe führte von hier nach unten in den Keller und eine Tür in das Seiten-Treppenhaus. Martina schloss die Tür auf, die sich nur langsam wie gegen einen Widerstand aufschieben ließ. Martina war wie immer viel zu schnell und stieß mit dem Kopf heftig gegen das kalte graue Milchglas. Sie rieb sich ihre Stirn unter ihrem Igelpony, und wie um die verlorene Zeit wieder einzuholen, hechtete sie zum Küchenblock, um die Einkaufstüte dort abzulegen.

Erika trat zu Behrends, der auf dem Sofa lag und schlief. Sie beobachtete, wie seine Augäpfel sich hinter den geschlossenen Lidern hin und her bewegten. Sie fesselte seine Hände. Dann schüttelte sie ihn. »Hey, Behrends – aufwachen!« Behrends öffnete die Augen. Er blickte sie vollkommen verständnislos an. »Es gibt gleich was zu essen. Ich bring dich in den Keller, bis es fertig ist.«

Langsam, ganz langsam schien sich Behrends wieder an seine Situation zu erinnern. Er stöhnte. »Ihr seid so dreist. Ihr benutzt die Häuser, wenn niemand da ist?! Was sagt eigentlich der Besitzer dazu?« Seine Stimme klang wie immer fiepsig. Dann schien er es sich anders zu überlegen, er räusperte sich ausgiebig, setzte sich auf und sagte ohne Umschweife: »Ich habe mit meinem Anwalt gesprochen.«

Erika runzelte die Stirn. Fantasierte er jetzt? Dann sah sie das

Klapphandy auf der Glasplatte vom Tisch liegen. Ein Zweithandy. Sie ächzte. »Also um es kurz zu machen: Wir wollen euch einen Vorschlag machen. Wir vergessen diese ganze, äh, Sache hier ...« Er zeigte etwas linkisch mit den gefesselten Händen auf die verschlossenen Fenster, »und ich überweise euch regelmäßig einen ordentlichen Betrag. Also so 'ne Art Dauerauftrag. Wie viel, das können wir noch verhandeln.« Und dann, nach einer kurzen Pause, sagte er noch: »Ich hätte das damals, äh, vielleicht nicht tun sollen. Ja, es war nicht okay.« Es klang etwas kläglich, Erika blickte überrascht zu ihm herunter. »Hm, wir müssen da drüber nachdenken.«

Sie half ihm aufzustehen, brachte ihn zur Kellertreppe und runter in die Sauna. Als sie die Treppe wieder nach oben stieg, spürte sie eine Erleichterung. Dauerauftrag. Das hörte sich amtlich an. Das ist gut. Ein bisschen zu gut vielleicht, überlegte sie.

Sie bemerkte zum ersten Mal die weißen Einsprengsel auf den schwarzen Marmorstufen. Das tiefe glänzende Schwarz erinnerte sie an das Eis des gefrorenen Sees und die schwarz-grüne, etwas unheimliche Tiefgründigkeit darunter. Ein beinahe triumphierendes Gefühl beschlich sie, als wäre bereits alles schon lange vorüber. Sie war stolz auf jeden Einzelnen von ihnen. Sie würden es irgendwie schaffen. »Dreiundsechzig«, sagte sie laut. Es hörte sich auf einmal anders an. Nicht nach alt.

Martina stand an dem Küchenblock und schnitt Fisch und Gemüse. Sie suchte im Schrank nach Brühe. Hermann saß am Tisch und hackte das Gemüse klein, Joppe öffnete den mitgebrachten Weißwein.

Martina hatte den anderen von dem Angebot erzählt. Els überlegte: »Oder gibt es einen Haken? Haben wir was übersehen? Ich meine, er könnte uns morgen anzeigen!«

Joppe stellte die Weinflasche auf den Tisch und sagte nach einer kleinen Pause: »Er würde es wieder tun.«

Jetzt meldete sich auch Hermann zu Wort. »Genau, der würde uns liebend gerne eine Lektion erteilen – so wie wir ihm.«

»Aber wir haben den Brief von Martina. Auf den müssen wir eben setzen. Alles auf eine Karte, die ist Trumpf.« Els versuchte ihre Stimme verheißungsvoll klingen zu lassen. Aber es misslang.

»Ich würde sagen, es steht unentschieden«, rief Martina aus der Küche. »Aber das ist schließlich keine schlechte Basis für einen Vertrag. Wir sollten es einfach versuchen. So kann es hier nicht ewig weitergehen. Sonst kommt noch das Entführungs-Syndrom.«

»Das was?«

Martine leierte: »Das Stockholm-Syndrom. Der Entführte steht unter einer enormen Anspannung, zweifelt an sich und der Welt, und fängt schließlich an, seine Peiniger zu verstehen. Manchmal verliebt er sich auch in einen der Erpresser. Sorgt für Spannung im Drehbuch.« Dann stellte sie den Topf auf den Tisch. »Suppe ist fertig.« Hermann ging hinunter, um Behrends einen Teller zu bringen.

Alle saßen um den langen Esstisch. Martina sorgte für gute Stimmung und erzählte das Neueste vom Amt: »Heute war der Italiener da. Der Käufer vom Werksgelände. Er hatte eine ganze Horde von jungen, gut aussehenden Rechtsanwälten dabei, alle im Dunkelblauen. Endloses Palaver.«

Die Stimmung war gut, fast ausgelassen. Und alle freuten sich über ein Thema, das zeigte, dass es auch da draußen irgendwie weiterging.

»Was ich nicht ganz verstehe: Noch mehr Golf?«, fragte Joppe. »Woher sollen denn die ganzen Golfspieler kommen?«

»Nee, anders, nicht nur für die feinen Leute – es soll jetzt in Brandenburg was Neues erfunden werden: Golf für jedermann.«

»Wie in Amerika«, sagte Els fachmännisch. »Golf ist da genauso ein Sport wie Fußball – nur eben ohne Mannschaft.«

»Immer nur diesen kleinen Ball treffen?« Erika trank einen Schluck Wein. »Ich habe festgestellt, dass Golfspieler eigentlich vor allem unzufrieden sind. Immer nörgeln sie, dass sie den Ball irgendwie nicht richtig getroffen haben. Golf is was für Leute, denen es richtig gut geht, und die sich mal eine Runde richtig ärgern wollen.«

Martina nickte. »Genau: Den richtigen und optimalen Punkt trifft man nie, und deshalb schlage ich vor, dass wir das Angebot von Behrends und seinem Anwalt annehmen – ohne Wenn und Aber!« Sie erhob das Glas. »Dauerüberweisung gegen Freilassung?« Alle hoben ihre Gläser und versuchten zuversichtlich auszusehen.

»Wenn das mal gut geht«, murmelte Erika.

Die Suppe roch gut: würzig und fischig. Es dampfte aus dem Topf. Martina war stolz auf ihr Ergebnis. »Übrigens mein eigenes Rezept«, sagte sie. Sie ging um den Tisch und teilte mit einem großen Schöpflöffel aus. Els nahm sich Brot und sagte amüsiert: »Martina, es ist aber äußerst verdächtig, wenn du von deinen Rezepten selbst nichts nimmst. Willst du uns umbringen?« Martina kicherte vergnügt und gab sich einen ordentlichen Schwung auf ihren Teller. »Also,«, sagte sie. »Piep, piep, piep ...«

Sie hatten einen guten Hunger und fanden es wunderbar, dass es neben dem Entführungs-Abenteuer auch etwas gab, was Ruhe in die Angelegenheit bringen konnte.

Nach einer Weile schaute Hermann auf und suchte Augenkontakt mit den anderen. Erika fing seinen Blick auf. »Bisschen scharf ist ja gut«, meinte er schließlich in die Runde. »Aber vielleicht auch bisschen bitter.«

Joppe blickte auf. »Quatsch nich', Krause«, war alles, was er sagte. Dann aber legten die anderen nach und nach ihre Löffel beiseite. Martina schaute unsicher in die Runde. »Ich gebs zu, irgendwie seltsam.«

Joppe stand auf und ging zum Regal mit den bunten Plastikgewürzdosen. Er prüfte jede einzelne Dose mit der übertrieben ernsten Miene des professionellen Lebensmittelchemikers im weißen Labormantel. Alle schauten gebannt zu, als ob die Ziehung der Lottozahlen im Programm wäre. Schließlich nahm er sich die Marmeladengläser vor, in denen die gerebelten, offenbar selbst geernteten oder gesammelten Kräuter aufbewahrt waren. Joppe steigerte die Spannung und sagte mit Märchenonkel-Stimme: »Dieses Glas hier ist individuell beschriftet. Ich lese mal vor ... äh. Das ist unleserlich. Das ist eine Aufgabe für den Fachmann!« Umständlich nahm er sich auch die anderen Gläser vor, streute sie einzeln auf eine Untertasse und nahm die üblichen Geruchs- und Geschmacksproben. Eines der Gläser schien besonders interessant: »Hast du davon auch genommen?« Martina nickte. »Ich habe eigentlich vor allem von diesen selbst gesammelten Kräutern genommen. Das ist doch mal was Besonderes. Kümmeln kann jeder.«

»Und: Ist der Bitterstoff dabei?«, fragte Hermann.

»Das kann ich dir sagen, Langer: Es sind alles Pilze. Der Architekt ist jedenfalls vom Fach.«

Joppe hob ein Glas gegen das Licht. »Also, je nachdem wie hoch das Pulver dosiert ist, geht es wahrscheinlich gleich los. Ganz im Ernst. Wir müssen unbedingt zusammenbleiben – und wir sollten auch den Behrends nicht damit alleine lassen. Es könnte eine Weile dauern, es sieht hoch dosiert aus.«

Joppe setzte sich auf einen Stuhl. »Wer Panik bekommt, der muss zählen, einfach immer weiterzählen und dabei auf den Sekundenzeiger einer Uhr schauen. Ansonsten wird es das Beste sein: Lasst euch drauf ein. Widerstand ist sowieso zwecklos. Lasst alle Ängste los!«

Erika lachte laut auf. Wenn es etwas gab, das sie nicht konnte, dann genau das. Sie würde es hassen, da war sie sich sicher. Sie bekam ja schon Panik, wenn sie ein Glas Wein zu viel trank. Sie beschloss mit voller Konzentration zu zählen: »Eins, zwei, drei, vier ...« Die hellen Fischstücke vor ihr auf dem Teller waren wie

Felsen in der Brandung. Hermann kam polternd mit Behrends zusammen die Treppe hoch. Sie schienen Probleme mit den Stufen zu haben. »Zweiundzwanzig, dreiundzwanzig, vierundzwanzig ...« Was waren das für unmögliche Zungenbrecher! Kleine Stückchen von Stangensellerie, Tomatenwürfel und Petersilienblätter schwappten gegen die Fischfelsen, zuerst noch sanft, dann immer stärker, sie wurden durcheinandergewirbelt, ein Sturm musste aufgezogen sein, ohne dass sie etwas gemerkt hatte.

Ihr wurde schwindelig. Der Tisch wackelte und mit ihm der ganze Ozean. Joppe hatte ein lautes Brummen ausgestoßen, das immer noch anhielt. Ein dunkler, tiefer Ton, der ganz tief aus seiner Brust kam und nie mehr abbrechen würde. Els schien mit dem Brummen verschmelzen zu wollen und hatte sich an Joppes Brust gelehnt. Erika konnte das nur zu gut verstehen. Joppe war ein attraktiver Mann.

Attraktionen, Reaktionen, Adsorptionen. Alles war Chemie. Also war alles wie immer. Erika hatte nicht das Gefühl, dass irgendetwas anders war. Nur für einen kurzen Augenblick blitzte eine Ahnung auf, als sie versuchte, mit den Augen ganz nah an einen Fischfelsen ranzukommen, um von dort aus den Horizont auf dem Ozean zu sehen: Die einzige gerade Linie, die es in der Natur gibt.

Sie hob den Kopf. Sie war allein am Tisch. Niemand war mehr da! Doch als sich ihr Blickfeld wieder weitete, sah sie die anderen. Behrends lag ausgestreckt auf dem Boden vor dem Sofa, Joppe und Els standen Hand in Hand am Fenster und pressten ihre Wangen an das kühle Glas. Martina schien irgendwelche Zutaten zu suchen, um was Neues zu kochen. Hermann konnte sie nicht entdecken.

Sie stand auf und schaffte es nach einer gefühlten Ewigkeit, die Terrassentür zu öffnen. Sie wollte zum See runter. Aber sie durfte die Übersicht nicht verlieren. Sie musste alle im Blick behalten.

Die kalte Luft tat gut. Sie konnte spüren, wie sie bei jedem Atemzug ihren Körper mit Sauerstoff auffüllte. Atmung gleich Oxidation eines energiereichen Stoffs und Reduktion eines externen, Elektronen akzeptierenden Stoffs. Ein Teil der frei werdenden Energie dieser Redoxreaktion wird chemisch gespeichert, ganz einfach durch Synthese energiereicher Moleküle! Wenn man das einmal verinnerlicht hatte, dann ist nichts mehr zufällig. Alles sucht sich seinen Weg, alles ist Verbindung, wie Joppe immer sagt.

Sie stoppte mitten im Atemzug. Sie erinnerte sich daran, dass sie ja alle im Blick behalten musste. Langsam verließ sie die Terrasse und sah jetzt von ganz oben auf die anderen herab. Joppe und Els kugelten sich vor Lachen am Fenster, von hier aus betrachtet, sahen sie sehr glücklich aus. Um Behrends musste sie sich keine Sorgen machen. Er hatte, wie es aussah, keinerlei Fluchtgedanken. Er streichelte behutsam über die Haare des Tierfells, das vor dem Kamin lag. Dabei lächelte er selig.

Erika stieg noch etwas höher. Sie sah das Grundstück und den hell erleuchteten Garten tief unter sich liegen. Hermann musste die Außenbeleuchtung angeschaltet haben. Ach ja, da unten stand er und untersuchte die digitale Schaltzentrale für das Puppenhaus. Puppen außer Kontrolle. Sie gluckste.

Jetzt war sie am See angelangt und strich mit den Händen über die Wasseroberfläche, dabei schlenkerten ihre Arme in großen Bögen um ihren Körper. Ihre Füße waren nass und wurden langsam kalt. Und da sah sie ihn: einen kleinen Waschbären. Er stand auf einem umgekippten Baumstamm, der im Wasser lag und blickte sie an mit seinen kleinen wachsamen Augen. Sein Fell war dicht und flauschig. Sie mussten ihn aufgeschreckt haben. Er neigte den Kopf zur Seite und blickte sie weiter an. Erika blieb ganz still stehen und bewegte sich nicht. Er war ganz Anmut, ganz er selbst. Langsam löste der Waschbär den Blick und ging lautlos über den Baumstamm wieder zum Ufer zurück.

Dann sah sie wieder alles von oben. Joppe zeigte auf den Nebel, der zwischen den Lichtern im Garten lag. Sie ging zurück, stellte sich zu den anderen auf die Terrasse und lehnte ihre Stirn an Hermanns Ellenbogen. Martina legte ihren Kopf in den Nacken und blies die Atem-Rauchwolken in den kalten Himmel.

»Komm, wir fangen den Nebel«, sagte Joppe.

Hermann flüsterte: »Ich dich auch.« Quatsch, dachte Erika. Das hat er nicht wirklich gesagt. Sie umarmten sich zu dritt, der Nebel umhüllte sie und trug sie ein Stück weit mit sich fort. Man sah nur ihre kahlen Köpfe, sie hatten ihre Mützen und Perücken irgendwo verloren. Els stürmte über die Wiese und gackerte drauflos, und jetzt rannten sie alle den Hang hinab und konnten gar nicht anders: Sie mussten lachen.

Erika schmerzten die Muskeln um den Mund vom Lachen, sie lachten und lachten. Sie konnten und wollten nicht mehr aufhören.

Auf einmal schwamm ein klarer Gedanke vorbei, wie ein schneller, wendiger Fisch durch die hellen Nebelschwaden. Sie versuchte ihn zu fassen, doch er war glitschig und unmöglich zu greifen. Dann hatte sie ihn doch am Schwanz erwischt. Sie sah wieder das Puppenhaus von oben. Sie musste die Kontrolle behalten.

Wie viel Zeit war vergangen? Irgendwann trafen sie sich wieder, fragend, mit langsam klarer werdendem Blick, aber auch mit dem wissenden Glanz des gemeinsam Erlebten.

Ganz egal wie es ausgeht, dachte Erika.

Martina sinnierte über Schwefel. Wie war sie darauf gekommen? Ach ja, die Schwefelbäder in Tiflis.

»Die Ägypter und Griechen wussten es schon längst: Für sie war Schwefel ein Heilmittel. Er ist im Grunde die Grundlage für jeden lebenden Organismus, für uns alle! Schwefel ist vielleicht der wichtigste Stoff überhaupt. Atmung, Photosynthese – ohne Schwefelverbindungen kein Leben, versteht ihr?« Erika schloss die Terrassentür. »Aber der Geruch ist doch tödlich, er macht doch alles andere kaputt«, wandte sie ein.

»Richtig, aber kein Widerspruch. Leben und Tod sind immer nahe beieinander, aneinander, umeinander ...« Martina wollte das noch ausführen, aber da ging das Licht im Garten aus, und sie saßen im Dunkeln. Es summte leise, als sich die Stahl-Schiebetüre ganz langsam wieder schloss. Jetzt war es ganz still und ganz dunkel.

Als Erikas Handy klingelte, fuhren alle zusammen.
»Hallo, ist da Erika Grüning?«, fragte eine männliche Stimme.
»J-Ja. Und wer spricht dort bitte?«
»Das spielt keine Rolle. Aber das, was ich Ihnen zu sagen habe, spielt wahrscheinlich eine relativ große Rolle im weiteren Verlauf dieser Geschichte. Ich habe den Vorwurf der Täuschung gegen Sascha Behrends juristisch etwas genauer überprüft. Er hat mich drum gebeten. Sein Zweithandy, ich weiß nicht, ob Sie inzwischen ... Ja? In Ordnung. Also, es ist ganz einfach: Sie haben ihn in der Hand.« Pause. Erika verstand das nicht. »Sie können viel viel mehr verlangen. Sie haben ihn sein restliches Leben lang in der Hand, wenn man so will. Ich schätze mal, es gibt noch einige weitere Zeugen, die bestätigen würden, dass sie von Sascha Behrends betrogen wurden, damit Sie den Aufhebungsvertrag der Fermentationswerke Königswerder unterschreiben? Wenn das so ist, muss er mit einer ganzen Reihe von Klagen rechnen. Verjährung wird ihm auch nicht helfen. Keine schöne Sache so was.« Erika musste sich setzen. »Ich werde ihn per SMS informieren, dass es schlecht für ihn aussieht. Er weiß aber nicht, dass Sie es auch wissen. Gute Nacht!«

Erika schluckte und hielt ihr Handy fest umklammert. Plötzlich sah sie ein Bild vor sich. Es leuchtete nur kurz auf, dann wurde es wieder unscharf und zerfloss vor ihren Augen. Nein, dachte sie und schüttelte energisch den Kopf. Das war ja auch gar nicht möglich, der Kaufvertrag war schließlich schon so gut wie unterschrieben, das hatte Behrends mehrmals betont – doch da, da war das Bild schon wieder! Dieses Mal erkannte sie es ganz deutlich: Es war der Blick zwischen den alten Bäumen hindurch über den See. Die Tiefe erschien ihr so klar und echt, dass sie das Gefühl hatte, sie könnte einfach so hineingehen in das Bild. Sie drehte sich zur Seite, und da standen Hermann, Martina, Joppe, Els und sogar Heike im Garten. Die Mondschaukel quietschte leise im Wind. Weiter hinten in den Büschen raschelte es jetzt. Es war der Waschbär. Sie wusste es, noch bevor er heraustrat. Er war so groß wie ein Mensch, vielleicht noch größer. Sein graues langes Fell war dicht und samtig, und mit seinen ernsten klugen Augen nickte er ihr zu. Das war jetzt ein bisschen dicke, dachte Erika. Aber gleichzeitig fühlte sie auf einmal eine Wärme in sich aufsteigen und wollte, dass der Waschbär nie mehr fortging. Sie würde alles dafür tun, damit er blieb. Und mit dem Gefühl dieser Wärme in sich wusste sie auf einmal, wo alles hinführte. Hinführen musste.

Dann brach sie zusammen.

MÄRZ 2002

1. Der Bahnhof am See

Der Bahnsteig erhob sich mitten im Nichts, zwischen dem See auf der einen und dem Moor auf der anderen Seite. Die erhöhte Plattform war das einzig Verlässliche weit und breit, die Welt drum herum wurde vom Moor eingefangen oder freigegeben, alles Lebendige war seinen unterirdischen Kräften ausgeliefert. Ein Bahnhofsgebäude gab es nicht, nur eine neue blaue Wartebank mit einem Windschutz aus Glas. Das Dorf Wolzow an der Schleuse konnte man von hier aus noch nicht einmal sehen. Nur die Laternenpfähle entlang der Straße ließen vermuten, dass sie irgendwohin führen musste.

»Es ist immer noch so grau wie früher«, sagte Kiki zu Chris ins Telefon. »Und total verlassen. Als ob die Welt untergegangen wäre – und niemand hat es mitgekriegt.« Und nach einer Pause fügte sie hinzu: »Außerdem ist er zu spät, auch das hat sich nicht geändert ...«

»Kiki«, unterbrach Chris sie. »Du kommst doch nachher in den Club, oder? Aki hat gefragt wegen der Gästeliste.« Kiki schob einige Steinchen auf dem Bahnsteig mit dem Fuß zu kleinen Haufen zusammen. Die Steinchen waren gegen das Glatteis. Ihnen zum Trotz ragten mehrere Eishügel wie Gletscher aus der Steinchen-Landschaft heraus.

Paula hatte sich den größten ausgesucht. Sie krabbelte immer wieder den rutschigen Eisberg rauf und schlitterte dann auf der anderen Seite auf ihrer Schneehose wieder runter. Sie beide waren die einzigen Menschen auf dem Bahnsteig. Die Sonne schimmerte als helle, fransige Scheibe hinter einem undurchdringlich grauen Himmel. Nur der nicht mehr ganz so kalte Wind verriet, dass das Eis in nicht allzu ferner Zukunft auch wieder schmelzen würde. Ein Hauch von Frühling. »Ich weiß noch nicht, ob ich es heute Abend zum Club schaffe. Keine Ahnung, wie lang das hier dauert.«

Die dünnen Äste der gestutzten Kopfweiden zitterten in der sumpfigen Landschaft wie wackelnde Köpfe von riesenhaften Monstern. Als Kind hatte Kiki sich vor ihnen gefürchtet, vor den Moormonstern. Jetzt waren sie alte Bekannte.

Der Empfang war schlecht, einzelne Worte und ganze Sätze blieben irgendwo auf der Strecke zwischen den Windböen hängen. »Ich liebe dich«, sagte sie noch. Aber da war nur noch ein Rauschen zu hören.

Auf der Postkarte, die vor ein paar Tagen in ihrem Briefkasten lag, stand nicht viel: *Du fehlst uns zu unserem Glück. Am Sonntag am Bahnhof, Mittagszug, ich hol dich ab. Joppe.* Das »uns« versetzte ihr einen Stich. Gegen diese Freundschaft würde sie anscheinend niemals eine Chance haben. Kiki war und blieb das Anhängsel, das kleine Kind. Die Karte war noch aus DDR-Zeiten und zeigte ein Bild vom Strandbad. *Naherholungszentrum Groß Rietzener See* stand in geschwungenen Großbuchstaben darauf. Joppe hatte noch in den über die Jahre verblassten Postkarten-Himmel gekritzelt: *Ein jegliches hat seine Zeit.*

Er hatte nie viele Worte gebraucht. Sofort sah sie das Plakat vor sich. Und spürte die Verzauberung von damals wieder. Es schien so einfach, damals. Alles schien vorgegeben, man musste sich nicht entscheiden, nur einfach bereit sein für die unendlich vielen Möglichkeiten. Das war, bevor alles kompliziert wurde.

Als sie jemand mit einer Plastiktüte die Straße entlangkommen sah, erkannte sie ihn sofort an dem leicht schwankenden Gang. Wenn er lief, sah es immer so aus, als würde er bei Sturm ein Schiffsdeck überqueren.

Sie stand da und war auf einmal wieder das kleine Mädchen, das von der Bahn abgeholt wurde. Es war unverkennbar ihr alter Joppe.

»Kiki«, sagte er nur und grinste sein zerknautschtes Grinsen, das von einem Ohr zum anderen reichte. Als nur noch die Stufen mit dem blauen Geländer sie trennten, die vom Bahnsteig hinunter in das Sumpfland führten, hatte sie das Gefühl, irgendetwas sagen zu müssen. Also sagte sie: »Du sprichst ja wieder«, was ihr sofort unglaublich bescheuert vorkam. Aber als Joppe dann hochkam und sie vorsichtig in seine Arme nahm und viel zu fest zudrückte, so wie früher, da wurde ihr klar, wie sehr er ihr gefehlt hatte.

»Mama?« Paula zog an ihrer Jacke. Kiki lachte und wischte sich über die Augen. Etwas unbeholfen sagte sie: »Das ist Joppe, das ist Paula.« Die beiden musterten sich. Joppe schmunzelte. »Kiki in kleen!«

»Nein!«, rief Paula wütend. Sie nahm Anlauf, rutschte mit ihrem Schneeanzug den Eishügel runter und rief dabei: »Raaaakeeete!« Dann blickte sie Joppe herausfordernd an. Joppe lachte laut, und Kiki wusste, dass er am liebsten sofort mitgerutscht wäre.

Nie im Leben wäre sie auf die Idee gekommen, in Richtung Strandbad zu laufen. Schon der Gedanke an diesen Ort schnürte ihr den Hals zu. »Die längste Straße der Welt«, so hatten sie den Ernst-Thälmann-Damm immer genannt, der runter zur Neubausiedlung führte. Wenn Joppe nicht wäre, hätte sie sich nicht hierher getraut. Denn sie liefen direkt auf das fensterlose Wartehäuschen der Bushaltestelle zu, an dem Jens ihnen damals aufgelauert hatte. Es war immer noch so betongrau wie damals.

»Wohin gehen wir?«, fragte sie erstaunt.

Joppe antwortete ausweichend. »Es ist ganz schön was passiert hier diesen Winter.« Die Sonne hatte es doch noch geschafft und leuchtete weiß auf den silbernen See. Paula war im Buggy eingeschlafen.

Kiki musterte Joppe von der Seite bei seinen Schlenkerschritten. Den Mantel, da war sie sich sicher, hatte er irgendwo gebraucht gekauft. Die Mütze mit diesem schrecklichen Bommel dran, die kannte sie noch von früher. Darunter der kahle Kopf. Das alles zusammen rührte sie in diesem Augenblick so sehr, dass es wehtat.

Jetzt kicherte Joppe. »Du wirst Augen machen, Kikerlinka«, sagte er gut gelaunt.

Was sollte das? Ihre Rührung war wie weggeblasen. Für eine Weihnachtsbescherung mit Tannengrün und Butterkeksen war sie nicht gekommen. Die Orte der Vergangenheit hatte sie ganz gut weggepackt. Dort sollten sie am besten auch bleiben. Sie blickte angestrengt auf ihre Uhr. Joppe merkte von alledem nichts und machte einfach weiter: »Es ist verrückt, aber es stimmt wirklich.« Joppe drehte sich zu ihr um. »Erinnerst du dich noch – das Sich-selbst-Erkennen?« Ohne eine Antwort abzuwarten, fuhr er fort: »Sich-selbst-Erkennen schafft Selbst-Bewusstsein und Selbst-Vertrauen, und das ist das Sprungbrett für was?« Er zwinkerte ihr erwartungsvoll zu.

Natürlich wusste sie es noch, und es purzelte aus ihr heraus, ohne dass sie eine Sekunde nachdenken musste: »Sich-selbst-Erkennen ist das Sprungbrett für den Mut zur Veränderung!«

Als Kind hatte Joppe ihr immer von den alten Griechen und ihren Göttern erzählt, insbesondere von seinem Freund Thukydides. Erst später erfuhr sie, dass Thukydides gar kein Gott war, sondern einer von Joppes Denkern und Geschichtsschreibern.

Als Jugendliche wollte sie von denen aber nichts mehr wissen, fand es dröge und altklug, wenn sich jemand mit toten Griechen beschäftigte. »Selbstachtung – meinst du das?«, fragte sie unsicher. Der alte Lehrsatz kam ihr abgenutzt und verbraucht vor – und gleichzeitig vollkommen neu. Am meisten aber wunderte sie sich, wie vertraut Joppe ihr nach all der Zeit immer noch war. Es war beinahe so, als wäre nichts geschehen, als wären da keine Jahre gewesen, in denen sie sich nicht gesprochen hatten. Sie waren die ganze Zeit über verbunden geblieben. Ihre Selbstgespräche mit Joppe waren nicht umsonst gewesen. Und auch nicht der Schmerz, den sie unterdrückt hatte, wann immer sie irgendetwas an ihn erinnert hatte.

Joppe grinste in sich hinein. »Genau. Der Zusammenbruch eines Systems – das gab es schließlich schon unzählige Male. Aber dann, was folgt dann, wenn du dir für die alten Geldscheine nichts mehr kaufen kannst? Selbstverzweiflung oder Selbstachtung?«

Er beobachtete sie, prüfte, ob sie ihm folgte, und fuhrt fort: »Oder eben wie bei Salomo: ›Ein jegliches hat seine Zeit.‹ Kennst du ja ...«

Sie nickte. »Schon gut. Aber was, wenn es keinen Platz mehr gibt für die ..., die mit den alten Geldscheinen?«, fragte Kiki und dachte an Billa und ihre »Bilder«, also das Blumenmeer und die fünfhundert Fahnen zum 1. Mai.

»Es ist immer unberechenbar, wie der Krieg ausgeht, wenn man hineinzieht. Eine andere DDR oder eine Vereinigung mit der BRD konnte es nicht geben ohne Brüche und Verluste.«

»Ja, kann sein. Und was soll dann Selbstachtung bringen? Es ist doch der Schmerz, der so wehtut, dass du es ..., dass du es hier in den Schneidezähnen spürst?« Kiki zeigte auf ihre Zähne und ärgerte sich. Sie wollte keine Weisheiten aus dem Marmortempel, sondern wenn Joppe schon mit einem bedeutungsschwangeren Lehrsatz ankam, dann wollte sie einen zum Hier und Jetzt, einen zum Anfassen. Gleichzeitig begann es ihr langsam Spaß zu machen, den guten alten Joppe in Verlegenheit zu bringen. Vielleicht bekam sie ihn ja so weit, dass er mit einem »Quatsch nich' Krause« aufgab. Deshalb setzte sie noch eins drauf: »Da nützt es wenig, wenn einer was erzählt von Geschichte, die sich ewig wiederholt.«

Aber jetzt kam auch Joppe in Fahrt. Er fuchtelte mit seiner Plastiktüte hin und her. »Da hast du aber das Wichtigste vergessen. Thukydides sagt nämlich gar nicht, dass sich Geschichte ›wiederholt‹ oder ›ewig wiederholt‹. Er sagt es viel genauer. Nämlich: ›So oder ähnlich wird sich Geschichte immer wieder ereignen, solange Menschen wie Menschen denken und handeln.‹ Es ist ...« Er machte eine kunstvolle Pause, blieb stehen und zwinkerte Kiki an ». ... wie mit den chemischen Verbindungen, solange Elemente wie Elemente agieren oder reagieren.« Als er das verblüffte Gesicht von Kiki sah, setzte er rasch hinzu: »Na ja, ist doch so.«

Und als Kiki nichts sagte: »Weißt du noch, wie wir einmal nach Berlin sind, zu einer dieser Montags-Demos? Da war es doch körperlich spürbar: Selbstbewusstsein, Selbstachtung und der Mut, etwas – zack! – verändern zu wollen und – zack, zack! – auch verändern zu können.« Joppe holte ein Taschentuch aus seinem Ärmel, so wie früher – und trompetete hinein. »Und das ist wieder Thukydides: Nicht ein mechanisch wirkendes geschichtliches Prinzip, nein, die Menschen selbst sind die Akteure. Wenn sie Selbsterkenntnis und Selbstachtung ›angereichert‹ haben, dann können sie auch den Mut für eine mögliche Änderung entwickeln – zack und zack!« Und nach einer Pause fasste er Kiki an beiden Schultern, blickte sie an und sagte, als ob es ihm zum ersten Mal auffiele: »Und jetzt biste plötzlich schon richtig erwachsen, Klein Kiki.«

Wortlos folgten sie den Straßenlaternen bis zum Dorf. Kiki überlegte. Warum redete Joppe plötzlich so viel? Das war doch sonst nicht seine Art. Auch seine Ausflüge ins Land der Griechen waren nie so lang gewesen. Was war passiert? »Sag mal, Joppe, wie kamen wir da eigentlich noch mal drauf?«

»Weißt du was, Kiki? Ich hab die längste Zeit auch nicht mehr daran geglaubt. Der Schmerz über die vielen Jahre ... Du weißt schon.«

»Und dann hat sich was verändert. Ist es das? Hat Hermann etwa seinen Barkas verkauft?«

»Ich sag doch, du wirst Augen machen. Ich habe versprochen, nichts zu sagen, bis wir da sind.«

»Aber da kommt doch gar nichts mehr. Ich seh ja schon das Stahltor.«

»Nur Geduld. Gleich sind wir da! Dann siehst du es ja selbst: zack!«

»Der Kindergarten?«, fragte sie, weil jetzt eigentlich nichts mehr kam. Joppe kicherte in sich hinein. Das konnte er wie kein anderer. Er war sich offenbar einer Riesen-Überraschung sicher. Es sah so aus, als ob er mit sich selbst lachte. Aber genau das machte sie jetzt gerade wahnsinnig. Sie wollte nicht für immer und ewig ausgeschlossen sein aus dieser Runde der Eltern.

Joppe schien es zu bemerken, blieb stehen und verkündete: »Man könnte es so sagen: Durch einen ungeplanten Umstand, der über Umwege eine gute Wendung, nein: Verbindung eingegangen ist, kam es zu einer folgenschweren Drucksituation: Der Eigentümer des Kindergartengrundstücks war aus undurchsichtigen Umständen so verzweifelt, dass er uns, also Erika, Hermann, Martina und mir, das Grundstück fast geschenkt hätte. Dann haben wir uns aber doch noch etwas anderes überlegt. Er behält sein Grundstück und überlässt es uns als eine Art Dauerleihgabe zur Nutzung. Genauer: ein Erbbaurecht auf neunundneunzig Jahre ... In dem Vertrag haben wir uns verpflichtet, alle Baumaßnahmen zu unterlassen, auch Umbau, Ausbau, Aufbau und so weiter, und den jetzigen Zustand des Wildgartens unter keinen Umständen zu verändern. Wir dürfen keinen Nutz- oder Ziergarten anlegen und insbesondere an der Uferzone nichts, aber auch gar nichts verändern. Das alles mit Notar, Grundbuch und allem Drum und Dran – zack, zack, zack!«

»Wie bitte, der Weltfrieden gehört euch?« Kiki fehlten die Worte. Sie hatte immer gedacht, das Leben in Wolzow sei irgendwo da stehen geblieben, wo sie diesen Ort damals Hals über Kopf verlassen hatte.

Sie erreichten das Gartentor. Die Farbe von den bunten Stäben war an vielen Stellen abgeblättert, vor allem auf der Höhe, wo die Füße das Tor Morgen für Morgen aufgeschoben haben, während Kinder und vieles andere hineingetragen wurden. Der Kletterbogen mit seinen blauen Stangen stand noch immer im Vorgarten. Das WELTFRIED...-Schild über der Eingangstür war über und über mit Luftschlangen behängt. Kiki musste lächeln über diesen Willkommensgruß. Trotzdem verstand sie noch immer nicht: Willkommen zurück im Kindergarten?

MAI 2002

1. Auf der MS Wolzow

»Und deshalb galt der Groß Rietzener See schon immer als die schönste Perle im Brandenburgischen Seenland. Bereits zur Jahrhundertwende fanden die Berliner hier ihre Gelassenheit wieder.« - Pause - »Der Ausgleich zwischen Entspannung und Erlebnis ist hier bis heute ...« - noch mal kleinere Pause - »... nahezu perfekt.« Die Stimme aus dem Lautsprecher war etwas verzerrt, aber die Menschen auf dem Deck kümmerte es nicht. Sie streckten ihre Gesichter zur Sonne und ihre Beine lang unter den Stühlen vor ihnen aus. Der Dampfer zog seine Bahn, am Westufer entlang, wie jeden Samstag, immer um halb elf.

Paula war aufgeregt. Sie zappelte auf Kikis Schoß und konnte nicht stillsitzen. »Wann kommt es, wann kommt es?«, fragte sie zum hundertsten Mal. Erika und Kiki antworteten automatisch und gleichzeitig: »Jetzt gleich.«

Es war Paulas größter Wunsch gewesen, einmal mit dem Dampfer zu fahren und das Haus vom Wasser aus zu sehen. Und dann glitt er auch schon an ihnen vorbei, der Weltfrieden. Man musste zwar ziemlich genau hinsehen, weil er nach wie vor überwuchert war. Aber gerade jetzt, mit Morgensonne und sattem, frischem Grün strahlte er wirklich so etwas wie eine allumfassende Friedlichkeit aus. Zwischen den uralten Eichen, Eschen und Ulmen und den nachwachsenden Kiefern und Birken wirkte er, als könnte er all dieses Wachsen um sich herum ohne Weiteres zusammenführen. Etwas weiter links sah man noch ein kleines Dach aus den Blättern hervorblitzen. Es war das kleine Baumhaus, das Hermann für Paula gebaut hatte.

Kiki hatte sich inzwischen damit abgefunden: Sie würde es nie erfahren. Sie hielten dicht. Sie taten einfach so, als verstünden sie nicht, was Kiki meinte. Bei einem ihrer ersten Besuche war sie mit dem Nachbarn ins Gespräch gekommen. Aber auch der wusste nichts.

Sie hatte beim König geklingelt, um sich ein Ei für Paulas Pfannenkuchen zu borgen, und fragte ihn geradeheraus nach dem ehemaligen Eigentümer vom Weltfrieden.

»Das war, nun ja, ein wenig seltsam«, gab Herr Gräber zu. Er suchte nach Worten. Übergangsweise zündete er sich einen Zigarillo an und verzog etwas das Gesicht. »Der Verkauf des Grundstücks an diesen Berliner war schließlich so gut wie abgeschlossen. Das hatte ich ja auch damals Ihrer Mutter erzählt.« Herr Gräber versuchte die vergangenen Monate zu rekonstruieren. »Dann kam der Winter. Und ich wechselte in die Stadtwohnung. Sie wissen ja, im Winter finden viele Konzerte statt.« Er blickte wieder zu Kiki. »Und als ich wiederkam, hatte sich die Situation, nun ja, geändert.« Er gab sich einen Ruck. Das Thema interessierte ihn offenbar, und zwar mehr, als er zugeben wollte. Auch er hätte gerne gewusst, wie die Grünings und ihre zwei Ex-Kollegen an das lukrative Grundstück gekommen waren. »Wissen Sie, ich habe diesen Berliner, ich glaube, er heißt Kielow oder so ähnlich, zu Jahresbeginn zufällig hier im Dorf bei einer Leseveranstaltung getroffen. Da erzählte er mir von einem amtlichen Schreiben der Gemeinde. Es ging darin um eine geschützte Blume, ich weiß sogar noch den Namen: Schuppenwurz. Und dass Bauanträge wegen dieser seltenen Pflanze besonders sorgfältig geprüft werden müssten. Es ging um, nun ja, Naturschutz. Herr Kielow ist daraufhin vom Kauf zurückgetreten. Er sucht übrigens weiter nach einem Wassergrundstück. Nun ja, ich nehme an, auf der anderen Seeseite.« Der Kö-

nig musste husten und hielt sich ein Taschentuch vor den Mund. Dann schien er sich plötzlich wieder daran zu erinnern, warum Kiki vorbeigekommen war. »Ach, warten Sie, das Ei ...«
Kiki wartete. Sie fröstelte. Sie hatte keine Jacke an. Der glatte See spiegelte die Wolken. Ein zweiter Himmel. »*Himmel und Erde müssen vergehen* ...«, ging es ihr durch den Kopf. So fing ein Kanon an, den sie in der Schule gesungen hatten. Er war ohne Anfang und Ende und ließ sich endlos weiterdrehen: »*Aber die Musici aber die Musici aber die Musici bleiben besteh'n.*«

Auf einmal ging ihr der Sinn der Worte auf, die sie als Kind nur einfach gesungen hatte, ohne darüber nachzudenken: Es gab da noch was anderes, etwas, das alles überdauerte, das fortdauerte. Kiki hatte auf einmal eine ganz vage Ahnung davon, was es sein könnte. Etwas Großes und Unfassbares. Doch dann war es wieder weg. Sie hörte den hustenden König über den Flur wieder zurückkommen.

Er reichte Kiki einen Eierkarton mit drei Eiern, nickte und griff das Grundstücksthema noch einmal auf: »Ehrlich gesagt, ich glaube, es war etwas anderes. So eine Pflanze kann vielleicht zu Verzögerungen einer Baugenehmigung führen, aber dass man deshalb einen Bauantrag platzen lässt, nun ja, das glaube ich nicht.« Und beinahe wie zu sich selbst fügte er noch hinzu: »Und außerdem habe ich dieses ominöse Amtsschreiben nie zu Gesicht bekommen. Musste mich also nicht darum kümmern.«

Amt Wolzow, dachte Kiki. Und dann noch: Martina. Aber so richtig bekam sie die Fäden nicht zusammen. In ihrem Kopf erschien stattdessen ein anderes Bild. Erika, Hermann, Joppe, Martina und noch einige andere, längst vergessene Gesichter von früher. Sie hörte sie lachen. Es klang nach einer anderen Zeit. Nach Betriebsausflug und Ferienlager an der Ostsee. Jetzt lachten sie alle aus vollem Halse, als ob sich etwas in ihnen löste, etwas, das dort seit vielen Jahren festgesessen hatte. Sie sahen befreit und glücklich aus. Geradezu high, dachte Kiki.

Der König blickte Kiki unsicher an. Hatte er vielleicht auch etwas gehört? Kiki wusste nicht, ob sie sich das alles nur eingebildet hatte oder ob sie vielleicht etwas Komisches gesagt hatte.

Sie verabschiedete sich schnell: »Danke für die Pfannkucheneier, Herr ...« Sie biss sich auf die Zunge. Wegen des Spitznamens hatte sie den richtigen Namen des Königs vergessen. Dieser half aber aus: »Gräber, Günther Gräber.« Dann setzte er noch hinzu: »Könnten Sie Ihren Vater vielleicht noch von mir fragen, ob er es morgen um elf Uhr einrichten könnte? Der Termin bei dem, nun ja, dem Spezialisten wurde mir heute recht kurzfristig bestätigt.«

Kiki nickte. Der Husten des Königs war über den Winter schlimmer geworden, und Hermann fuhr ihn jetzt regelmäßig mit seinem Barkas zu den Untersuchungen.

»Da ist Hermann – und Joppe. JOOOOOOPPPEEE!« Paulas Kreischen riss Kiki aus den Gedanken. Paula schrie den Namen ihres Lieblingsonkels über das Wasser. Beide Männer standen am Ufer, sie hoben ihre Hand und winkten.

Auf dem Deck wurden jetzt alle Passagiere von Paulas Freude angesteckt und winkten mit, und sogar der Dampfer wurde übermütig wie sie und tutete laut und anhaltend.

Kiki seufzte und sagte langsam an Erika gewandt: »Ich glaub, das könnte er tatsächlich sein!« Sie winkte und seufzte noch mal. »Der Weltfrieden.«

Erika und sie schauten sich an und sie mussten lachen. Kiki dachte, auf jeden Fall ist es ein Anfang, für jeden dort.

Für Martina zum Beispiel, sie hatte es wahr gemacht: Sie schickte jetzt regelmäßig Postkarten, die in der Weltfrieden-Küche an einer Wand hingen und dort ein kleines Georgien entstehen ließen: uralte Städte, kaukasische Berggipfel, Weinreben voller dicker blauer Trauben und lachende georgische Winzer, die zwischen den Reben Wein trinken. Vor allem aber Kirchen.

Ob sie vielleicht orthodox geworden sei, hatte Els einmal gefragt als wieder eine Kirche in den Weltfrieden geflattert kam. »Ein versteckter Hinweis sozusagen?« Und alle lachten, denn die Vorstellung, dass Martina ihre wilden und farbenfrohen Frisuren mit einem weißen Spitzentuch bedeckte, wie es die orthodoxen Christen tun, wenn sie eine Kirche betraten, passte einfach nicht.

»Ihr lacht«, erwiderte Els. »Aber da habe ich schon weitaus Verrückteres gehört. Menschen werden sehr wohl auch von jetzt auf gleich gläubig.« Sie überlegten, wann und warum jemand religiös wird oder seine Religion wechselt. »Vielleicht ist es die Pause für einen Neustart. Wisst ihr noch, damals. Wir waren doch auch viel in den Kirchen«, sagte Els. »Es war ja der einzige Ort, wo wir zum Beispiel Theater machen konnten, ich meine ohne das Klassenbewusstseins-Blabla.«

»Na, und jetzt?«, fragte Hermann.

»Jetzt bin ich ja selbst zum Seelsorger geworden«, sagte Els. »Wenn ihr wüsstet, was da so alles durch die Pufferluke reinkommt. Aber das bleibt natürlich auch alles im Puffergrill drin.« Sie erhob feierlich zwei Finger. »Das Pufferschweigegelübde bleibt unantastbar.«

»Aber ein Zölibat hast du noch nicht abgelegt, oder?«, fragte Erika.

»Na ja, ich hab drüber nachgedacht. Aber dann wurde nichts draus«, sagte Els und blickte zu Joppe. Der brummte bloß und sagte: »Qautsch nich', Krause.«

»Viele seltene Vogelarten haben sich hier zurückgezogen, um zu nisten. So kann man hin und wieder einen Horst der hier lebenden Seeadler entdecken, wenn man behutsam und aufmerksam genug durch das Revier schleicht.«

Die verzerrte Ansage ging fast unter, niemand hörte so richtig zu.

Die kleine Insel, die auf der linken Seite vorüberzog, schien auch niemand zu bemerken. Die schwarzen Kormorane saßen dort unbeweglich auf den kahlen Ästen der toten Bäume. Es war ihre Insel, und sie waren die Wächter. Weiter hinten sah man aber, dass sich dichtes, neues Grün bildete, das nach oben strebte. Kiki war damit beschäftigt, einen Aufkleber mit einem Fußballspieler von der Reling abzulösen, vorsichtig schob sie den Daumennagel unter eine Ecke und versuchte das Papier von der Eisenstange abzuziehen. Sie fühlte sich sicher. Die vielen Gespräche mit Els während ihrer Besuche in den vergangenen Wochen hatten ihr geholfen, klarer zu sehen. Sie hatte verstanden, dass sie die Tür nicht für immer zuhalten konnte.

Sie hatte den Sommer von damals so gut weggesperrt, dass er für sie eigentlich gar nicht mehr existierte. War sie das gewesen in dem rasenden Auto, die Deutschlandfahne aus dem Fenster, der Wind in den Haaren, der Übermut unendlich? Was würden ihre Eltern von ihr denken, und was würde Chris sagen, wenn er davon erfährt? Außer Els wusste es noch niemand.

»Gut so, Süße. Wenn du es immer mit dir herumgetragen hättest, dann wär dir irgendwann die Luft weggeblieben. An so was kann man ersticken«, sagte Els fachmännisch, als sie Kiki irgendwann um Ostern herum mit dem Puffermobil vom Bahnhof abgeholt hatte. Die Rapsfelder leuchteten knallgelb. Noch nie war Kiki aufgefallen, dass sie so dermaßen leuchteten. Sie wollte sich reinschießen in das Gelb, wollte abtauchen und nie wieder hochkommen müssen. Vielleicht war es aber auch nur so gelb, weil das Grün der Kiefern dahinter so dunkel dagegenstand? Vielleicht gab es nie nur das eine oder das andere. Es gab ihr Leben nicht ohne ihre Vergangenheit, und sie wusste mit einem Mal, was zu tun war. Sie sagte es halblaut vor sich hin, aber Els verstand es trotzdem: »Ich werde ihn anzeigen.«

Auch wenn der Überfall schon so viele Jahre her war. Auch

wenn das Verfahren im Sande verlaufen würde, wegen fehlender Beweise oder Verjährung. Aber sie konnte damit ein Kontra setzen, genau wie Els mit ihrem Puffermobil. Ein Kontra zu der Trostlosigkeit, durch die sie jetzt gerade fuhren, zu Nagelstudio, Schreibwaren, Asia-Imbiss und Friseur. Irgendwie schuldete sie sich das, aber auf verquere Weise auch Jens und seinen Freunden. Sie dachte an das Dorf, das in einen Tiefschlaf gesunken zu sein schien. Es hatte doch keinen Sinn, auf eine Rettung durch irgendeinen Großmogul zu warten, der irgendwann sein Riesenspektakel in Gang setzte. Es musste auch ohne den Italiener und seine Mega-Golfplätze gehen.

Und mittendrin gab es ja jetzt auch einen Ort für sie. Das war tröstlich, wenn man daran dachte, dass sie in Berlin zwar eine neue Wohnung gefunden hatten, diese aber viel kleiner und teurer war als ihre alte. Einfach rausfahren, alle Farbeimer stehen lassen und nur zusammen sein – schon der Gedanke daran gab Kiki Kraft. Chris, der malerische Bauernhöfe mit explodierenden Blumenkästen und hügelige Wiesen gewöhnt war, konnte sich nur schwer mit dem brandenburgischen Dorf anfreunden. Aber der See hatte auch ihn verzaubert. Er verzauberte jeden. Kiki war überrascht, dass sie das in den letzten Jahren vergessen hatte. Denn es war so offensichtlich. Man konnte es nicht erklären, man tappte heillos im Dunkeln, wenn man versuchte, danach zu greifen oder bloß zu begreifen. Aber Kiki hatte es beobachtet. Zum Beispiel, als Flo und Aki zu Besuch kamen. Und sie war sich sicher: Niemand konnte sich dieser Kraft widersetzen.

Und wie könnte so etwas Ewiges und Urzeitliches auch nicht magisch sein? Ein Becken, das sich unter dem Inlandeis vor über zwanzigtausend Jahren bildete und tief genug war, um sowohl den umwälzenden Kräften der Eismassen über sich standzuhalten als auch den mitreißenden Fluten des Schmelzwassers einige Zeit später. Als das Eis sich ganz zurückgezogen hatte, ließ es eine kalte Geröllwüste zurück, über die der eisige Wind wehte und Sand vor sich hertrieb, die er zu enormen Binnendünen anwehte. Eine Landschaft, die lebensfeindlicher kaum sein könnte: Der sandige Boden gab wenig Nährstoffe her für Ackerbau, und die Sümpfe mussten immer wieder trockengelegt werden. Einzig die Seen, die vielen kleinen und großen Becken, die geblieben waren, machten ein Überleben möglich. Der See versprach eine Wiedergutmachung, die viel größer war als jene, die die Menschen forderten. Er versprach die Fortdauer von Leben. Er hielt in seiner Größe und Tiefe allem Wandel stand. Und jede Veränderung würde bloß wieder ein weiterer Windhauch sein, der seine Oberfläche in ein leichtes Kräuseln versetzte. Dann war wieder Ruhe.

Ein jegliches hat seine Zeit, gab Kiki Joppe recht und ergänzte den Text im Stillen:
Geboren werden hat seine Zeit, sterben hat seine Zeit;
Pflanzen hat seine Zeit, ausreißen, was gepflanzt ist, hat seine Zeit;
Zerreißen hat seine Zeit, zunähen hat seine Zeit;
Streit hat seine Zeit, Friede hat seine Zeit.

Erika lehnte sich zurück. Die Mischung aus Eisen, Diesel, See und Wind war ein Feuerwerk. Sie sog den Geruch in sich auf und spürte, wie die Kraft ihren Körper durchströmte. Sie lehnte sich über das Geländer und schloss die Augen. »Ich fahre«, dachte sie und merkte dann, dass sie es laut gesagt hatte.

»Was?«

»Ich muss noch was erledigen, Kiki«, sagte Erika.

Das saß. Zum ersten Mal hatte Erika sie Kiki genannt. Ihr neuer alter Name so unvermittelt aus Erikas Mund erhielt in diesem Moment eine ganz neue Bedeutung. Doch dann seufzte sie. Konnte ihre Mutter denn niemals loslassen? Immer hatte sie noch was zu erledigen.

»Was denn erledigen? Jetzt? Und was?«

»Nee, Kiki, nicht jetzt, aber bald. Ich fahre. Nach Spitzbergen.«

the sky is der himmel
(Icke & Er)

Das Buch

Als der ehemalige Betriebskindergarten gut zehn Jahre nach der Wende verkauft werden soll, weckt das den verloren geglaubten Gemeinschaftsgeist in der alten Belegschaft – und völlig unvermittelt ergibt sich eine Chance, den Lauf der Dinge zu ändern. Nach der Abwicklung des Brandenburger Chemiewerks sind Erika und ihr Mann Mitte fünfzig und schlagartig arbeitslos. Ihre Tochter kehrt ihnen den Rücken und zieht nach Berlin. Doch als immer mehr Berliner den See vor ihrer Stadt zur Wochenendzone erklären und Golfplätze und Luxusvillen bauen, bekommt das Ehepaar wieder Boden unter die Füße. Erika und ihr Mann werden unersetzbar: Sie putzen die Ferienhäuser, kümmern sich um Gärten, Bootshäuser und verstopfte Regenrinnen.

Als sie das Grundstück des Betriebskindergartens »Weltfrieden« entrümpeln sollen, stoßen sie auf Fundstücke, die beweisen, dass der Treuhandabwickler sich mit dem Verkauf des Werks selbst bereichert hat. Gut zehn Jahre nach der Wende soll erneut viel Geld fließen. Noch während sie überlegen, ob und wie sie einen Weiterverkauf abwenden können, wird ihnen die Entscheidung auf überraschende Weise abgenommen.

Weltfrieden ist eine so unterhaltsame wie skurrile Anti-Heldengeschichte. Eine Erzählung von den Verwicklungen der Treuhand sowie eine Ode an die Freundschaft – und die Narrenfreiheit in der zweiten Lebenshälfte.

Die Autorin

Als Kind dachte Lucia Jay von Seldeneck (*1977 in Westberlin) lange Zeit, dass das Land hinter dem Grenzübergang unbewohnt sein muss. Später wurde das Neuland vor der Stadt zu einer Verheißung: Eine nie da gewesene Weite ließ sie zuweilen das Gefühl verspüren, die große Welt zu erobern. Als sie dann bei einer märkischen Zeitung ihr Volontariat machte und die Geschichten der Menschen hörte, merkte sie zum ersten Mal, dass sie einiges nachzuholen hatte.

Von Lucia Jay von Seldeneck sind bisher fünf Berlin-Bücher in der Reihe *111 Orte* beim Emons-Verlag erschienen sowie drei Bücher mit Kurzgeschichten beim Kunstanstifter Verlag. *Weltfrieden* ist ihr erster Roman.